www.bbulmedia.com

www.bbulmedia.com

GREEN HEART

그린하트

세계의 변화

2

GREEN HEART
그린 하트

미르영 현대 판타지 장편 소설

CONTENTS

제1장

발을 내밀자 땅이 나타났다.

"게이트 밖으로 나온 것인가?"

그동안 스승님께 배운 대로라면 나는 지금 다른 세계로 들어온 것이다. 다른 세계에 대해 배웠다고는 하지만 아직 모르는 것이 많기에 주변부터 살폈다.

"으음, 현실 세계와 겹쳐지는 부분을 느낄 수 있다고 하셨는데, 역시 비슷한 지형이로군."

내가 지금 서 있는 곳은 커다란 바위산 정상이다.

스승님께서는 아무것도 속단하지 말라고 하셨지만, 아마도 지하 호수에 잠긴 것과 같은 모습일 것이다.

조금 전에 있던 곳과 같은 형태라고 생각하는 이유는 이곳이 현실과 완전히 동떨어진 곳이 아니기 때문이다.

"으음, 끝없는 평원이구나. 지구가 아닌 것은 확실한 것 같고, 역시나 다른 세계인 건가?"

이질적인 기운이 가득한 곳이다. 결코 지구가 아니었다.

스승님의 말씀으로는 게이트를 통해 넘나드는 세계는 일종의 평행 차원이라고 하셨다.

들은 대로라면 헤아릴 수 없는 평행 차원들이 어느 순간 서로 교차하는 지점이 생기면 스팟이 생성된다.

순간적으로 스쳐 지나간다면 부모님과 할아버지가 사라지신 것처럼 한 번만 게이트가 열리지만, 완벽한 교집합이 되면 양방향 게이트가 열리게 된다.

이곳은 교집합이 형성된 양방향 게이트가 분명하다. 내가 그렇게 생각하는 것은 게이트가 지구와 연결된 것이 느껴지기 때문이다.

"일단은 안심이다. 다시 돌아갈 수 있을 테니까. 어디 한 번 살펴볼까?"

양방향 게이트가 분명하기에 안도감을 느끼며 멀리까지 살펴보았다. 녹색으로 이루어진 평원이 보인다. 그런데 그 모습이 무척이나 특이하다.

"저런 나무들은 지구에는 존재하지 않는 것들인데……."

평원이 녹색인 이유는 빼곡하게 메우고 있는 작은 나무 때문이었다. 재미있는 것은 나무들이 전체가 모두 녹색이라는 것이다. 잎사귀뿐만 아니라 가지 하나하나까지 나무 자체가 그랬다.

"그나저나 이곳에도 유사 인종이 살고 있을까?"

다른 세계로 가면 인류와 같은 생물을 볼 수 있다고 했다.

유전자는 전혀 다르지만 비슷한 모습에 문명을 이루고 사는 유사 인종이 있다고 들었는데, 이곳에서도 볼 수 있을지 궁금했다. 시야가 닿는 곳까지 모두가 내 허리춤밖에 오지 않는 녹색의 관목들뿐이니 말이다.

"스승님의 말씀처럼 일단 위험한 것은 없는 것 같으니……."

위기감은 전혀 느껴지지 않는다.

이곳은 아무도 들어오지 않은 곳이 분명하다. 내가 첫 번째 방문자인 것이다.

스승님으로부터 만약 첫 번째 방문자로 게이트에 들어가게 되면 어떻게 해야 하는지에 대해서 수도 없이 들었다.

"먼저 게이트의 주인이 되어야겠지. 언제 어디서든 이곳으로 오려면 말이야."

양방향 게이트는 주인을 정할 수 있다. 처음 여는 자에게 기회가 주어지는데, 귀속 절차를 밟게 되면 언제 어디서든 양쪽을 오갈 수 있다.

우선 게이트를 지구와 이어야 한다.

"양쪽을 확인했으니… 윽!"

이빨로 손가락을 깨물어 상처를 냈다. 빠르게 솟아오른 핏방울이 손가락 끝에 맺혔다.

"역시……."

생각한 대로 피가 변해 버렸다. 붉은빛이 아니라 진한 녹색이다. 녹령이 내 피를 변화시킨 것이다.

"내가 원해서 된 것은 아니지만, 해가 되는 것도 아니니……."

녹령은 나를 죽음에서 건져 주었다. 스승님께서는 피할 수 없다면 즐기라고 하셨다. 녹령을 얻어 신체가 변해 버린 것도 운명일 것이다.

"스승님께서 알려주신 대로 그려볼까?"

자리에 앉아 바닥에 게이트가 나에게 귀속됨을 표시하는 문양을 그려 넣었다.

"여긴 다 끝났고, 저쪽에도 해야겠지."

발걸음을 돌려 내가 왔던 게이트 쪽으로 향했다. 일렁이는 공간을 향해 발걸음을 내디뎠다. 세상이 느려지는 느낌과 함께 어느새 지하 호수 속의 게이트로 돌아와 있었다.

역시 바닥에 같은 문양을 그려 넣었다.

내 피로 그려진 문양에서 희미하게 빛이 흘러나온다.

"녹색의 관목으로 뒤덮인 저쪽에서도 빛이 나겠지."

여기와 마찬가지로 같은 현상이 일어나며 동조가 시작되고 있을 것이다.

"간지럽군."

양쪽 손목이 간지럽다. 양쪽의 게이트가 나에게로 귀속되고 있기 때문에 벌어진 현상이다.

아주 심한 간지럼이 손목을 타고 올라오다가 어느새 사라져 버렸다.

"귀속이 끝난 건가?"

게이트가 나에게 귀속되었다는 것을 확인하듯 양쪽 손목을 타고 팔목까지 문신 같은 것이 새겨져 있다.

난초 잎처럼 생긴 것들이 여러 갈래로 뻗어 나와 있다. 양쪽 다 일곱 개의 줄기를 가지고 있었다.

"후후후, 뜻하지 않게 히든 게이트를 손에 넣은 모양이군."

일곱 개의 줄기들은 일곱 개의 다른 세상을 뜻한다.

이곳 게이트와 연결된 다른 게이트가 모두 일곱이라는 뜻이니, 아주 좋은 일이다. 연결된 게이트들도 모두 나에게 귀속시킬 수 있는 기회를 얻은 것이니 말이다.

"후후후, 정말 운이 좋았다. 게이트 중에서도 상급의 것을 얻게 되다니 말이다. 히든 게이트들은 주인의 의지를 알아듣는다고 했나?"

나는 손목을 보며 문양이 모습을 감추길 원했다.

이대로라면 게이트의 주인이라고 광고하는 것이나 마찬가지였다.

스르르르…….

문양들은 피부 속으로 흡수되어 사라졌다. 이제부터는 내가 게이트를 열기 원할 때만 모습을 드러낼 것이다.

"저것들도 모두 회수하자."

공동의 천장에 박혀 있는 보석들은 모두 게이트의 부속물들이다. 게이트의 주인이 원하면 언제든지 가질 수 있는 것들이다. 보석 종류라 큰 도움이 될 것이다.

슈슈슈슛!

생각을 하자마자 별처럼 빛나던 보석들이 암반 위로 날아오기 시작했다.

위이이잉!

눈앞에 검은 공동이 생겼다.

게이트의 주인에게 부여되는 아공간이다. 떨어져 내리는 수많은 보석들은 모두 아공간 속으로 사라져 갔다.

"정말 어마어마한 양이군."

주먹만 한 것에서부터 새끼손톱만 한 것까지, 어마어마한 양의 보석이 모두 아공간 속으로 사라졌다.

"쩝!"

보석들을 전부 얻은 것은 좋은데, 주변이 어두워졌다. 광원들이 사라졌기 때문이다.

"어차피 물속으로 다시 들어가야 하니까."

게이트의 주인이 됐지만 아직 활성화된 것은 아니다. 활성화가 끝나면 아무 때나 오갈 수 있을 것이다.

활성화에 걸리는 시간은 꽤 걸린다고 들었다. 히든 게이트는 얼마나 걸릴지 모르니 이곳을 빠져나가야 한다.

지상으로 나가야 하는 터라 다시 물속으로 들어가야 한다. 물길을 따라가는 것 이외에는 이곳에서 나갈 방법이 전무했다.

감각을 확장하면 감각만으로 길을 찾을 수 있으니, 어둠은 문제가 되지 않는다.

천천히 물속으로 들어가 심법을 운용했다. 피부호흡을 하니 숨 쉬는 것은 어려움이 없었다.

감각을 확장한 채 천천히 팔을 휘저어 물길을 찾아 나아갔다. 지하 호수에서 다른 곳으로 빠져나가는 길은 비교적 가깝게 있었다. 공동 끝 절벽 아래에 거대한 폭포가 존재했던 것이다.

콰르르르룽!

폭포수 소리가 진동하는 곳까지 다가간 후, 눈을 감았다. 폭포 아래로 떨어져 내리는 것이 느껴졌지만, 개의치 않았다. 어느새 단전에서 일어난 수기가 내 몸을 보호하고 있었다.

물길을 따라 빠르게 흘러간다.

그러더니 굴 같은 곳으로 흘러 들어갔다. 비스듬한 경사가 위로 나 있는 동굴이다.

압력 때문인지 물이 위로 올라가고 있다. 아마도 강이나 호수 같은 곳 바닥에서 용출되고 있을 것이 분명했다.

주변에 온통 수기밖에는 느껴지지 않는다. 수로 같은 동굴의 길이가 무척이나 길다는 뜻이다.

'언제 빠져나갈지 모르겠군.'

상당한 시간이 걸릴 것 같다.

그때, 갑자기 손목이 간질거린다.

'으음, 벌써 활성화가 된 건가? 그럴 리가 없는데……'

손목이 간질거리고 난 뒤, 따뜻한 기운이 느껴진다. 게이트가 활성화됐다는 뜻이다.

'천운이군. 이렇게 빠르게 활성화가 되다니. 이곳을 빠져나 가려면 한참 걸릴 것 같은데, 그곳으로 가보자.'

게이트를 얻고 완전히 귀속을 시켰으니 어떤 세계인지 확인 을 해볼 필요가 있다.

'다시 돌아와야 하니까.'

이쪽에 돌아올 좌표를 만들어야 한다.

눈을 감은 상태지만 감각만으로 행동이 가능하다.

빠르게 옷을 찢어 좌표를 새겼다.

옷자락은 동굴을 따라 흘러가 밖으로 빠져나갈 것이다. 그렇 게 되면 내가 다시 이곳으로 돌아올 때는 이 지하 동굴을 벗어 난 곳에서 게이트를 열 수 있을 것이다.

[이동한다.]

생각이 일자 어디론가 빨려 들어가는 것을 느낄 수 있었다. 얼마 전에 발을 디뎠던 게이트 너머의 세계로 가는 것이다.

"후후후, 편하군."

눈을 뜨자마자 녹색의 평원이 보인다.

"이상한데."

조금 전까지 물속에 있었는데 옷에는 물기가 하나도 없다. 조금 이상한 일이기는 하지만, 신경을 쓸 겨를이 없다. 눈앞에 보이는 흔적 때문이다.

"으음, 누군가에 의해 만들어진 곳일 수도 있겠군."

내가 위치한 바위산을 살펴보니 느껴지는 것이 있다. 어쩌면 자연 상태의 바위산이 아니고 인공적으로 만들어진 것일 수도 있겠다는 생각이 들었다. 매끈하게 경사진 바위를 따라 나선형으로 길 같은 것이 만들어져 있었으니 말이다.

천천히 길을 따라 내려갔다. 내려와서 보니 더욱 확실했다. 바위산에다가 길을 낸 것이 아니라, 완벽한 균형을 이루는 모습이었다.

"마치 제단 같네."

정확하게 좌우대칭으로 균형을 이룬 모습이다. 그리고 암석의 재질이 높이마다 달랐다.

무엇보다 중간 부분이 기하학적인 문양을 형성하고 있었다.

"어차피 나 아니면 누구도 사용할 수 없으니, 천천히 알아봐도 되겠지."

게이트가 활성화되기는 했지만 아직 완전히 귀속된 것은 아니다. 이 세계에 대한 의지에 접속하고 의미를 파악해야만 하는데, 이건 시간이 조금 걸리는 일이다.

양쪽 세계를 연결한 만큼 이 세계에 대해 알아볼 시간이 필요하다. 내가 아는 것이 많아지는 만큼 게이트가 귀속되는 시간이 빨라질 것이다.

"가보자."

관목 숲을 향해 발걸음을 옮겼다.

스르르르…….

작은 관목들이 비키듯 길을 내준다. 스스로 의지를 가지고, 움직이는 나무라니, 재미있는 일이다.

"아니다. 어쩌면 내가 이것들을 나무라고 생각한 것이 잘못된 판단일 수도 있다."

지구의 생물 분류법에서 심어져 움직이지 못하는 것은 식물, 스스로 움직일 수 있는 생물을 동물로 분류한다.

빠르게 움직이니 나무가 아닐 수도 있다.

땅속에 심어져 있던 탓에 움직인 자리에 작은 구멍이 나 있다.

걸음을 빨리하자 내가 가는 방향의 관목들이 한꺼번에 자리를 비켜섰다. 아주 길고 넓은 황토로 만들어진 길이 갑자기 생겨 버렸다.

"내게 속한 권속들을 찾아야 하는 것이 첫 번째로 할 일이라고 하셨는데…….."

세계를 귀속시키는 첫 번째 과정은 권속을 찾는 일이다. 그런데 군주를 대하듯 자리를 분주히 비켜서고 있는 이 관목들을 보니 아무래도 이들이 내 권속들인 모양이다.

"뭐, 굳이 찾지 않아도 되니 좋은 일이겠지."

움직이며 길을 비켜서는 나무 비슷한 것들의 모습을 지켜보며 빠르게 발걸음을 옮겼다.

한참을 걸었다. 달리기를 하듯 움직여 한 시간이 넘는 거리를 지나왔는데 녹색의 관목으로 이루어진 평원이 끝나지 않았다.

언덕을 넘고 또다시 언덕을 넘었는데도 끝이 없는 관목들의 평원이다.

"그나저나 물은 없나?"

나무가 있다면 물이 있어야 정상이다.

설사 나무가 아니더라도 생물이 살려면 물이 필요하다. 시냇물이나 강물 같은 것이 전혀 보이지 않는다.

"이런!"

폭포와 지하 수로를 지나며 수기를 흡수했는데 눈으로만 물을 찾으려 했다니, 내가 생각해도 어이가 없다.

감각을 집중하자 수기가 느껴진다. 지하에 상당한 양의 지하수가 흐른다. 거의 강이 흐르는 수준이다.

"대단하군. 이곳 지하에도 엄청난 강이 흐르고 있다니. 게이트로 연결된 만큼 비슷한 지형이라는 것인가?"

내가 지상에 있다는 것만 다르지, 같은 형태의 지형을 가지고 있는 것이 분명했다.

"이 기회에 신법이나 시험해 볼까?"

소장 놈 때문에 수용소에서는 직접적인 수련은 거의 하지 못했다.

어차피 수련을 해야 하는 마당이니 길을 걸으며 신법을 익히는 것이 좋을 것 같다.

신법은 아저씨들에게 배운 것이다.

몸을 움직이는 여러 가지 방법을 배웠는데, 일단 멀리 오래 달릴 수 있도록 경신법을 펼쳐 보는 것이 좋을 것 같다.

타타타탁!

기운을 싣고 호흡과 함께 달리기 시작했다. 그냥 땅을 접어 달린다고 생각하며 발걸음을 빨리했다.

파파파파팟!

상당한 거리를 달려왔는데 별달리 힘이 들지 않았다. 조금 전과는 확연히 다르다.

슈슈슈슛!

움직이는 속도가 점점 빨라진다. 한 걸음 옮길 때 마다 10여 미터씩 죽죽 앞으로 나간다.

마치 땅이 움직여 나를 앞으로 밀어주는 듯한 착각마저 들 정도로 힘이 들지 않는다.

"하하하하하!"

속이 뻥 뚫리는 것 같다. 정말 시원하다.

답답했던 속이 시원해지는 것을 느끼며 얼마나 달렸는지 모르겠다.

풍경이 달라지고 있었다. 평원과 낮은 언덕이 전부였던 것과 달리 멀리에 커다란 산들이 보인다.

신하처럼 길을 비켜서던 녹색 관목들도 이제는 드문드문 있을 뿐이다.

앞쪽에는 황무지나 다름없는 황토들이 대부분이다.

마치 띠를 두르듯 펼쳐진 황토를 경계로 건너편에는 붉은색의 관목들이 몇 그루 늘어서 있었다.

"재미있군. 적의라⋯⋯."

식물도 아니고 동물도 아닌, 기이한 나무들이 내게 적의를 보이고 있다. 가지의 색이 달라졌다고 적의를 보이다니, 재미있는 놈들이다.

"후우, 역시 나무가 아니로군."

불쑥불쑥 흙이 꿈틀거리며 무엇인가 땅에서 기어 올라오고 있었다.

붉은색의 관목들은 땅에서 기어 올라오고 있는 놈들의 머리에 달려 있는 것들이었다.

사슴처럼 붉은 뿔을 달고 있는 놈들의 크기는 상당히 컸다. 신장은 대략 5미터 정도에, 손바닥만 한 검은색의 비늘이 전신에 덮여 있었다.

"꼬리도 있구나. 꽤 위험해 보이는군."

길게 늘어선 꼬리 끝에는 사방으로 나 있는 붉은색의 가시 같은 것이 보였다. 머리에 달린 뿔과 비슷해 보였는데, 끝이 무척이나 날카로웠다.

쿵! 쿵!

카오오오오오!

뾰족한 주둥이를 벌리고 괴성을 지르는 놈들의 입에는 상어처럼 날카로운 이빨 수십 개가 나 있다.

"후우, 적어도 C급은 되는 것 같은데……."

스승님에게 들은 바로는 다른 세계에 존재하는 괴물들, 몬스터라 불리는 것들은 S급인 진짜 괴물들과 A부터 F급까지 총 7단계의 등급으로 분류된다. 크기나 풍기는 기세로 봐서 저놈은 딱 중간인 C급 정도로 보였다.

"내가 저놈들을 상대할 수 있을까? 뭐, 내단도 형성했으니 한 번 해보자. 게이트의 주인이 되었으니 피할 수도 없는 노릇이고 말이야."

게이트가 연결된 초기다. 나에 대해 아직 완전히 인식하지 못하는 상태니 스스로 해결을 해야 한다.

게이트의 주인이 되려면 피할 수 없는 수순이다. 이곳의 주인이 나임을 알려야 하는 것이다.

이제부터는 몬스터들을 제압하고 주인으로 인정을 받아야 한다. 이상하게도 두려운 느낌이 들지는 않았다.

현재 내가 믿을 것은 내단을 형성했다는 것뿐이지만, 그것만 믿는 것은 아니다.

소장 놈의 눈을 속여야 했기에 간혹 아저씨들과 광산으로 채

굴하러 갈 때만 수련을 해왔다. 정식으로 한 것은 아니지만 꽤나 강도가 높은 수련이었다.

스승님께 받은 수련도 만만치 않다.

직접적으로 몸을 움직이는 것은 아니지만, 스승님께서 강제로 구현해 준 심상의 세계에서 수많은 괴물들과 싸워봤던 나다.

"설사 그렇다고 쳐도 익숙한 느낌이라니, 뭔가 내가 놓치고 있는 것이 있나?"

지금은 수련이 아니라 현실이다. 그런데도 이런 상황이 그다지 낯설지가 않다. 오히려 익숙하다는 느낌이 강하다.

세상살이라고는 수용소가 전부였던 내가 이런 상황에 익숙한 느낌이라니, 재미있는 일이다.

"심상 수련을 통해서 괴물들도 상대해 봤고, 아무래도 내단을 가지게 된 것 때문일 테지."

녹령이라 이름 붙인 내단이 내부에 든든하게 자리 잡고 있는 상황이다. 스승님조차도 이루지 못한 경지다. 내기를 스스로 만들 수 있을 정도니 자신감이 충만해져서 그런 기분이 드는 것 같다.

"우선!"

스승님께 배운 심법을 바탕으로 기운을 뽑아냈다.

파—앙!

발뒤축에 힘을 가하고 땅을 밀어냈다.

총알처럼 튀어 나가는 동안 모든 것이 느려졌다. 주먹에 기운을 담아 흉성을 뿜어내고 있는 괴물의 배를 때렸다.

콰직!!

검은 비늘이 뚫리고 이어 놈의 배 속 깊은 곳으로 주먹이 들어갔다. 단순히 배를 뚫는 것만이 아니다. 주먹에 두른 기운은 지금 맹렬히 회전 중이다.

달려든 속도에 더해 가공할 회전력이 더해지며 괴물의 내부를 부수는 중이다.

와드드드득!

펑!

관통력과 회전력이 합쳐진 결과는 놀라웠다. 뻗어낸 기운이 내부를 부순 것도 모자라 괴물의 등을 뚫고 터져 나갔다.

끄르르륵!

자신에게 일어난 일이 무엇인지 의아한 시선으로 바라보던 괴물의 눈빛이 꺼진다.

파—악!

콰직!

펑!!

괴물이 하나둘이 아니라 충격(衝擊)을 연이어 펼쳤다.

다른 놈도 마찬가지다. 내가 쏘아낸 기운이 한 방에 배를 뚫고 내부를 갈아버린 후, 등으로 터져 나온다.

한 번에 하나씩이지만 처리하는 것은 얼마 걸리지 않았다. 땅에서 기어 올라온 놈은 모두 아홉 마리지만, 처리하는 데는 1분도 채 걸리지 않았다.

"후우, 처음 해보는 거라 그런지 서투를 줄 알았는데 제대로 되는구나. 하지만 너무 과하게 기운을 써버리고 말았군."

스승님께 배운 기예는 완벽하게 펼쳐졌다. 하지만 내단의 운용은 그렇지 못했다. 배를 뚫은 것이나 등까지 터진 것은 기운을 너무 과하게 썼기 때문이다.

간단히 피부를 격해 내부 장기를 물처럼 분쇄해 버리는 것이 충격인데, 아무래도 긴장을 좀 하긴 한 모양이다.

"얼마나 단단할지 몰라서 그랬기는 하지만 너무 과도했다. 신법을 활용하면서 얼마 정도가 적당한지 확인해 보자."

괴물들의 수는 아직도 많다. 눈앞에서 꿈틀대고 있는 붉은색의 관목들은 여전히 아주 많으니 말이다.

우드드득!

손과 발의 관절을 풀었다.

좀 과하기는 했지만 통한다는 것을 알았으니 이제는 힘 조절을 해가며 참진팔격(斬鎭八擊)을 시험해 볼 차례다.

파라라락!

허공으로 신형을 띄웠다.

회오리처럼 돌아가는 몸을 따라 다리를 뻗어 내리눌렀다. 팔격 중 단격(斷擊)이다. 도끼로 내려찍듯 족도로 모든 것을 잘라 내는 것이다.

퍼퍼퍼퍼퍼퍽!

대지가 찍혀 나갔다. 거대한 도끼 자국 아래로 신체가 두 동 강 난 괴물들의 시체가 보인다.

다음은 난격(爛擊)이다.

회오리치듯 날아오른 몸에서 생긴 풍압을 이용한 것이다.

쿠쿠쿠쿠쿠쿵!

망치로 찍어내듯 5미터 근방에 커다란 자국들이 수도 없이 생겨난다. 찍어 내린 깊이는 3미터다. 아래에 있는 괴물들은 이 미 압살되어 떡처럼 변해 버렸다.

파파파파팟!

퍼퍼퍼퍼퍼퍽!

난격과 동시에 지상으로 내려온 후, 곧바로 충격이다. 공격을 피해 기어오른 놈들을 한 방씩 갈겨줬다.

"이 정도 힘 조절을 하면 되는구나."

일단 머리를 내미는 놈들은 모두 처리를 했다. 참진팔격 중 세 가지나 쓴 후에야 겨우 놈들을 처리할 적정 수준의 힘을 알 수 있었다.

"그렇지만 한 푼도 되지 않는 힘인데도 이렇게 간신히 조절 되면 곤란한데……."

갑자기 만들어진 내단 때문에 조절하기가 쉽지 않다. 지금도 겨우 제어했으니 말이다.

"뭐, 쓰다 보면 좋아지겠지."

지금까지 쓴 삼 격은 충, 단, 난격이다. 참진팔격의 기본이자

가장 단순한 공격법이다.

나중에 써야 할 나머지 오 격은 이 세 가지를 자유자재로 다룰 수 없으면 사용하지 못한다. 오행의 기운을 다루어 세 가지 공격법에 싣는 것이기 때문이다.

제어가 되지 않는 힘은 양날의 검일 뿐이다. 심혈을 기울여 다듬어야 할 부분이다.

그런데 조금 전의 전투가 놈들의 전의를 깨웠나 보다. 전방에 보이는 붉은 관목 전체가 들썩이며 솟아오르고 있다.

지금부터는 조금씩 달라진다. 삼 격을 연이어 시전할 것이다.

내단이 형성된 탓에 아무리 써도 마르지 않는 내력을 가지게 됐으니 한 번 시도해 보는 거다.

파파파파팟!

콰콰콰콰콰쾅!!

있는 대로 뿌렸다. 솟아올라 난격을 뿌리고 단격을 횡으로 펼쳐 놈들의 머리를 쓸어냈다.

쮀액!

카아악!

콰콰쾅!

퍼퍼퍼퍼퍼퍽!!

부수고, 찍고, 박살을 내며 정신없이 싸웠다.

학살에 가까운 공격이었지만, 놈들도 지치지 않고 떼거지로 덤벼든다.

그래 봐야 별거 없다. C급의 괴수들일 뿐이다.

콰콰쾅!

퍼퍼퍽!

과드드드드득!

학살을 아무렇지 않게 느끼며 놈들을 처리해 나갔다.

그렇게 얼마나 싸웠을까.

주변에 괴물들이 더 이상 보이지 않는다. 그 많던 괴물들이 사라지고 없다.

"다 어디 있지?"

주변을 둘러봐도 찢기고 두 동강 난 괴물들의 시체만 즐비할 뿐, 조금 전까지 가득하던 붉은 뿔을 가진 괴물들은 보이지 않는다.

"뭐지? 이거 참."

정말 희한한 일이다.

분명히 조금 전에는 붉었던 관목들이 이제는 녹색이다. 조금 전까지 기세 좋게 덤비던 놈들이 꼬리를 감추고 땅으로 숨어들었다.

파르르 떨고 있는 모습이 겁에 질린 게 분명했다.

"변한 건가, 아니면 복종하는 건가?"

아직 안심을 할 수 없는 상황이지만 시험을 한 번 해보기로 했다.

발걸음을 내딛자 양쪽으로 길을 비켜준다.

"복종인가? 후후후, 좋아!"

파르르르르!

발걸음을 옮길 때마다 다들 부들부들 떤다. 이제는 내 권속이 되었음을 인정하는 몸짓이다.

"앞으로 그런 자세를 유지하도록!"

권속이 되었으니 내 의지를 어느 정도 느낄 것이기에 한마디 했다. 내 말에 화답하듯 그들이 다시 몸을 떤다.

"으음, 어디 확인이나 해볼까."

얼마를 처리했는지 모르겠다. 뒤에 널브러진 괴물들의 시체를 세어보지 않았으니 말이다. 이제는 뒤처리를 할 차례다.

뒤를 돌아보니 엄청나게 많은 놈들이 널브러져 있다. 미친 듯이 움직였던 것 같다.

"회수를 해보자."

죽은 놈들이지만 스승님의 말씀대로라면 쓸 곳이 많은 놈들이다.

[아공간 오픈!]

스르르르!

의지에 따라 내 뒤로 아공간이 열렸다. 게이트를 연결한 보상으로 얻은 공간이다.

어떻게 쓰는 것인지는 스승님에게 배워두었다. 나에게 종속된 것이기에 생각만으로도 사용이 가능한 것이 아공간이다.

[저것들을 쓸어 담아라.]

슈슈슈슈슈!

내 의지에 따라 천지사방에 쓰러진 시체들이 아공간으로 빨려 들어간다.

"대단하군."

얼마나 큰 공간인지 모르겠지만 저 많은 시체들을 순식간에 빨아들이다니, 굉장한 것을 얻은 것 같다.

"이놈들 모습은 보았는데, 원래부터 내 권속이던 놈들은 아직인가?"

게이트를 연결할 때 평원에 쫙 깔려 있던 것들은 내 권속임이 확실하다. 알아서 길을 내주었으니 말이다.

그렇지만 주인에 대한 인식이 끝나지 않아서인지 아직은 모습을 드러내지 못하는 모양이었다.

내 권속을 보고 싶은데 안타깝다. 아직 이 세계와 지구를 연결하는 게이트가 불안정한 것 같으니 말이다.

"그만큼 나에게 반하는 것들이 이곳에 많다는 뜻이겠지."

여기와 연결된 세계는 모두 일곱 개다.

여기뿐만 아니라 다른 세계에도 나에게 반하는 존재들이 있을 가능성이 높다.

"이제 겨우 한 종류만 굴복시켰을 뿐이다. 시작이 반이라고 했으니 언젠가는 모두 굴복시키겠지. 그나마 유사 인류가 없는 곳인 것 같으니 마음이나 편하게 먹자."

아직은 모르겠지만 인근에 유사 인류는 없는 것 같다. 다행이라면 다행인 상황이다. 유사 인류와의 전투는 마음 가는 대로 할 수 없을 것 같으니 말이다.

조금 쉬어야 할 것 같다.

일대를 굴복시켰다고는 하지만, 저 앞에 있는 산맥에 무엇이 있을지 알 수 없으니 미리 준비를 해야 한다.

그대로 자리에 앉아 가부좌를 틀었다.

아무리 괴물들이라고는 하지만 일방적인 학살로 인한 정신적인 충격이 없다고는 할 수 없기에 심법을 운용하며 마을을 달랬다.

'후후후, 이제는 가드를 선다는 건가?'

두려움에 떨면서도 모여든다. 나를 중심으로 사방으로 뿔을 뻗대며 주변을 경계한다. 편히 쉴 수 있을 것 같다.

1996. 8. 31. (토) 12:00.
미국 와이오밍.

우르르릉!
하루 전부터 울어 대기 시작한 대지의 울음이 옐로스톤 국립

공원 전역을 강타했다.

화산활동이나 지층의 충돌로 발생하는 대규모 지진은 오래전부터 인류에게 엄청난 재앙을 가지고 왔다. 워낙 방대한 영역에 걸쳐 발생한 지진의 전조는 세계 최고의 강대국이라는 미국을 긴장하게 했다.

옐로스톤 공원의 슈퍼 화산이 폭발할 경우, 미국민의 반수가까이가 사망에 이를 것이라는 학계의 보고가 있었기 때문이다.

주 방위군과 연방군이 동원되고 지질 관측소의 모든 장비들이 옐로스톤의 분화에 촉각을 곤두세우고 있는 반면, 그렇지 않은 이들도 있었다.

바로 미국을 이면에서 지배하는 조직들이었다.

세계의 변화가 시작된 이후, 자연환경의 변화 중 이면 조직들이 가장 주목하는 것이 바로 지진이었다.

세계의 변화가 시작된 이후, 지진은 무엇인가를 알리는 전조였기 때문이다. 바로 게이트가 열린다는 신호였다.

게이트는 부와 권력을 상징한다.

돌아오지 못하는 게이트의 경우에는 그저 조직의 능력자들이 성장하는 데 도움을 줄 뿐이지만, 양방향 게이트의 경우에는 달랐다.

엄청난 자원과 더불어 단방향 게이트와는 비교할 수도 없는 성장을 이룰 수 있는 특별한 힘을 손에 넣을 수 있었다.

미국을 삼분하고 있는 이면 조직들은 와이오밍, 몬태나, 아이다 호를 각각 근거지로 삼고 새롭게 나타날 게이트를 주목하고 있었다.

몬태나를 점거하고 있는 것은 골든 게이트로, 미국 동부를 중심으로 활동하는 이면 조직이었고, 와이오밍은 미국 중부를 장악하고 있는 나이트 크로스가, 그리고 아이다 호 주변은 미국 서부를 장악하고 있는 블랙 엑스가 점거하고 있었다.

골든 게이트와 나이트 크로스, 그리고 블랙 엑스가 미국을 삼분하는 조직이 된 이유는 고대로부터 물려받은 유산 때문이다.

블랙 엑스가 아프리카의 에티오피아에서 비롯된 조직이라면 다른 두 곳은 모두 유럽에서 시작된 조직이다.

태생도 모두 달랐는데, 골든 게이트는 귀족, 나이트 크로스는 기사 집단이 그 시작이었다면 블랙 엑스는 노예들로부터 시작되었다는 것이 정설이었다.

이 중 골든 게이트는 유난히 자부심이 강했는데, 대대로 유럽을 지배하던 귀족의 피가 자신들에게 흐른다는 것과 세계 금융계를 장악한 것 때문이었다.

이면 조직의 힘을 측정하는 전위들의 성향도 각 조직과 비슷했는데, 골든 게이트의 테라 나인 또한 자부심이 무척이나 강한 편이었다.

우르르릉!

대지를 울리는 소리에 골든 게이트에서 급파된 테라 나인은 조용히 옐로스톤 공원으로 진입하고 있었다.

이미 위성 신호로 이상 지점을 확인한 후였기에 그들의 발걸음은 거침이 없었다.

"저 위로 올라가면 되는 건가?"

"그럴 거야."

"더럽게 멀군."

테라 나인이 향고 있는 곳은 바로 옐로스톤 호수였다.

둘레만 160㎞에 이르는 이 호수는 해발 2,400미터 위에 있는 산중 호수로, 그곳에서 특이 에너지 파장이 발생하고 있었다.

"나이트 크로스하고 블랙 엑스에서도 애새끼들을 보냈겠지?"

"놈들이라고 위성이 없겠어? 분명히 올 테지만, 우리가 약간은 앞서 있는 상태니 너무 걱정하지 마."

"걱정은. 놈들이 먼저 도착한다고 해도 쓸어버리면 되지."

"제레미, 이번에는 조심하는 것이 좋아. 이 정도 규모의 지진과 파장이라면 놈들도 최정예를 보냈을 테니까 말이야."

유리안은 다른 조직의 능력자들을 우습게 여기는 제레미를 향해 경고했다. 너무 나대는 경향이 있기에 미리부터 단속한 것이다.

"알았다. 너무 걱정하지 마라. 옛날의 내가 아니니까."

"저번에도 그래놓고서."

"러시아 이야기는 왜 꺼내는 거냐? 그 자식들이 먼저 선제공격을 했으니까 나도 반격을 한 것뿐이었다니까?"

"헥사곤들이 임무 때문에 어쩔 수 없이 이탈해서 그렇지, 안 그랬으면 넌 이 자리에 있지도 못했어, 인마."

"한 번 실수한 것 가지고서 만날 우려먹기는!"

"그만큼 이번 작전이 중요해서 그러는 거다."

"도대체 어느 정도 규모이기에 이 난리를 치는 거냐?"

"파장의 강도로 봐서는 남미 쪽 전부를 합친 것만큼 큰가 보더라."

"뭐?"

제레미가 놀라며 유리안을 뚫어지게 바라봤다.

"사실이다, 제레미. 그러니 이번만큼은 신중하게 행동해야 한다. 자칫 잘못하면 전면전이 벌어질 수도 있으니 말이다."

테라 나인의 팀장인 탱크가 주의를 주었다.

"알겠습니다, 팀장님. 주의하도록 하겠습니다."

다른 사람의 말은 귓등으로 듣는 제레미지만, 탱크의 말에는 주의를 기울였기에 곧바로 대답했다.

"그래, 그거면 됐다."

한 번 한다면 꼭 실천하는 제레미의 성격을 잘 알기에 탱크가 고개를 끄덕였다.

"이제 멀지 않았다. 조금 더 힘을 내자."

"예, 팀장님."

탱크의 말에 테라 나인 전원이 힘차게 대답했다.

"가자!"

파파파팟!

테라 나인 전원이 빠르게 발걸음을 옮겼다.

마치 평원을 달리듯 산지를 달려가는 그들의 모습은 맹수의 그것과 많이 닮아 있었다.

테라 나인과 마찬가지로 나이트 크로스와 블랙 엑스의 최고 전위 조직들도 호수로 다가서고 있었다.

비록 테라 나인보다는 거리가 가깝지 않지만, 자신들이 낼 수 있는 최고의 속도로 바람처럼 달리고 있었다.

"주변을 경계해라."

파파팟!

제일 먼저 호수에 당도한 테라 나인의 탱크는 부하들에게 주의를 주었다.

이미 이런 경험이 여러 번 있는 듯 테라 나인의 요원들은 능숙하게 사방을 경계하며 이상 에너지가 포착되고 있는 호수의 중심지를 바라보고 있었다.

"와우! 팀장님, 대단한데요?"

"그렇구나."

제레미의 탄성 섞인 말에 탱크도 고개를 끄덕였다.

호수 중심부에서 펼쳐지는 기이한 현상은 그야말로 장관이었기 때문이다.

제2장

2

녹색의 오로라가 호수 상공에서 춤을 추며 장관을 연출하고
있었다.

'장관이기는 한데… 극지도 아니고, 더군다나 밤도 아닌 낮
에 오로라라니……'

파장의 여파로 인한 것인지 아니면 게이트가 열리려고 하는
것 때문인지 모르겠지만, 긴장된 순간이었다.

탱크는 섣불리 판단을 내릴 수 없었다. 자신의 판단에 따라
팀원들의 목숨이 좌우되기 때문이다.

'젠장, 곧바로 장악을 시작하면 좋을 텐데, 어째서 망설이는
거지?

제레미는 게이트가 눈앞에서 열리는 것을 보고도 가만히 있어야 하는 탓에 마음이 급했다.

'들어가라고 한마디만 하면 좋을 텐데 말이야.'

러시아의 헥사곤과 충돌을 일으킬 뻔한 것으로 인해 탱크로부터 신뢰가 저하됐다 생각하고 있던 제레미다.

어떻게 해서든지 만회를 하고 싶지만, 그동안 기회가 없었다. 다른 두 곳에서도 옐로스톤 호수에 나타난 게이트를 노리고 있을 것이 빤하기에 마음만 급한 제레미였다.

하지만 탱크는 아주 노련한 팀장이었다. 자신이 생각하는 부분도 감안하고 있을 것이기에 제레미는 애써 참고 있었다.

그런 심정을 알아차린 것인지 탱크가 입을 열었다.

"제레미, 아직은 때가 아니다. 열리지도 않은 게이트를 가지고 드잡이질을 하다가 기회를 놓칠 수 있다."

"칫! 알았수다."

좋은 먹잇감을 두고 참는 것이 고역이지만 테라 나인의 에이스 자리 중 하나를 차지한 것은 우연이 아니었다.

제레미는 탱크의 말에 눈빛을 차갑게 빛내며 녹색으로 빛나는 오로라를 바라보았다.

'으음, 심상치 않다. 여태까지 이런 패턴을 보인 게이트는 없었는데……'

기운에 민감한 탱크는 지금 고심에 빠져 있었다. 오로라가 뿜어내는 상이한 기운들 때문이었다.

커다란 기운에 가려져 있지만, 지금 호수 중앙에는 여러 가지 기운들이 얽혀 있었다.

에너지 패턴을 보면 양방향 게이트라는 것은 확실하지만, 그 숫자가 문제였다.

'최소한 다섯 개다. 그렇다는 것은 얽혀 있는 세계가 그만큼이라는 것인데⋯⋯.'

여러 개의 세계가 얽혀 있는 게이트가 있다는 것은 금시초문이었다. 단방향과 양방향의 게이트만이 지금까지 나타난 패턴의 전부였는데, 눈앞의 것은 달랐다.

잘못 진입했다가는 이계의 미아가 될 수도 있는 탓에 판단을 내리기가 곤란했다.

'저들도 고민을 하는 모양이군. 하긴, 이런 경우가 한 번도 없었으니까. 어떻게든지 결론은 내려야 한다. 진입할 것인가, 아니면 기다릴 것인가.'

블랙 엑스나 나이트 크로스에서 나온 자들도 판단을 내리기 곤란한 상황임은 마찬가지였다.

아직 완전히 개방된 것이 아니기에 고심할 시간적 여유는 남아 있지만, 조만간 결정을 내려야 할 것 같았다.

가라앉은 눈빛으로 시시각각 변해가는 오로라를 지켜보던 탱크는 자신의 생각이 부질없음을 깨달았다.

'후우, 나도 많이 소심해졌군. 우리 임무는 게이트 탐색인데 말이야. 언제 위험하지 않은 적이 있었나?'

게이트가 열리면 안쪽을 탐색하고 귀속시키는 것이 자신들의 임무였다. 조직을 위해 하는 일에 주저하는 것은 자신들의 성향이 아니었다.

"제레미, 유리안, 준비해라."

"하하하하, 시작인가요."

"스탠바이 상태입니다."

탱크의 말에 두 사람이 반색을 하며 반겼다.

테라 나인의 세 개 팀 중에서도 가장 강하다고 자부하는 자신들이기에 이번에도 성공할 것임을 자신하고 있었다.

"신호를 하면 곧바로 뛰어든다."

"예, 팀장님."

"걱정하지 마십시오."

"지금이다!"

파파파팟!

탱크의 신호를 시작으로 세 사람의 신형이 일제히 자리를 박찼다. 호수 위를 날듯이 달린 세 사람은 이제 막 생기기 시작한 게이트에 진입했다.

파파파팟!

호수의 다른 방면에서 중앙을 주시하던 자들도 게이트를 향해 몸을 날렸다.

테라 나인이 움직이는 순간, 곧바로 블랙 엑스가 먼저 뛰어들었고, 간발의 차이로 나이트 크로스가 진입했다.

게이트를 연결하는 통로는 그다지 특이하지 않았다. 지금까지 지나온 곳과 별반 다르지 않았다.

'뭐지?'

통로의 거의 끝에 다다른 후, 뿌연 안개 같은 것을 헤치고 새로운 세계로 진입한 탱크는 주먹을 꽉 쥐었다. 탱크의 수신호에 제레미와 유리안도 긴장을 늦추지 않고 주변을 경계했다.

등골을 서늘하게 만드는 기운이 세 사람의 주위를 감돌았다.

'분명히 곧바로 뒤따랐는데…….'

자신들이 호수로 들어가는 것과 동시에 뒤를 따르는 두 곳의 전위들을 보았다.

곧바로 뛰어들었기에 자신들의 뒤에 곧바로 나타나야 정상이지만, 뒤를 경계하고 있는 유리안의 시야에는 아무것도 잡히지 않고 있었다.

수상함을 느낀 유리안이 마법 아이템으로 작동하는 메시지를 보냈다.

— 팀장님, 이상한데요?

— 그렇습니다. 다른 자들이 보이지 않습니다.

제레미도 뭔가 이상한 듯 주변을 경계하며 말했다.

— 모두 주의해라. 패턴이 최소한 다섯 개 이상이었다.

— 그럼 그놈들은 다른 세계로 간 겁니까?

이미 들어오기 전부터 패턴이 많다는 것을 느끼고 있던 제레미가 물었다.

— 지금 상황에서는 그렇게 볼 수밖에 없다.

— 그럼 여기부터 탐색을 해야겠군요.

— 각자 오 미터 이상 떨어지지 마라.

— 예, 팀장님.

— 경계 모드로 갑니다.

— 난 패턴을 인식해 볼 테니, 부탁한다.

게이트를 귀속시키려면 정확한 패턴을 인지해야 한다.

가지고 있는 마법 아이템에 패턴을 인식시켜야 하지만, 어떤 종류가 진짜인지 구별하지 못하는 상황이다. 이 세계를 구성하는 패턴을 확인하기 위해서는 탐색을 해야 했다.

세 사람은 삼각형을 이루며 천천히 전진을 시작했다.

탱크는 이질적으로 흐르는 패턴을 분석하며 앞으로 나아갔고, 두 사람은 양옆에서 그를 보호하며 뒤를 따랐다.

주변을 샅샅이 수색했지만, 특별히 걸리는 것은 없었다.

'제발 이대로 가자.'

보기와는 달리 한가한 전경이다.

드넓은 벌판에 녹색의 초지가 끝없이 펼쳐져 있을 뿐, 위협적인 요소는 보이지 않았다. 이대로 진행된다면 어렵지 않게 패턴을 인식할 수 있을 것 같았다.

— 문제는 없을 것 같은데요?

— 아직 안심하기에는 이르다. 패턴이 너무 불안정하니 한 시간 정도 더 탐색을 한 후에 장비를 이용해 분석을 시작해야 할 것 같다.

— 그럼 저쪽으로 가지요. 저곳이라면 분석 장비를 설치하기에 좋을 겁니다.

제레미의 제안에 탱크가 멀리 보이는 언덕을 바라보았다.

커다란 바위 위는 주변보다 지형이 높아 분석 장비를 설치하기에는 그만인 곳이었다.

거리는 대략 한 시간 정도 걸릴 것으로 보였다.

— 네 말대로 저기가 좋을 것 같다. 가자.

세 사람은 발걸음을 옮겼다.

발목까지밖에 차지 않는 초지를 지나 풀들이 무성한 지역으로 접어들었다.

사사사삭!

허리춤까지 자란 풀들로 인해 신경이 곤두섰다. 바닥에 무엇이 있는지 확인하기 곤란한 상황이기 때문이었다.

감각을 최대한 확장한 상태다. 선행하여 지역을 살피며 이상한 기운이 존재하는지 유의하며 걸었다.

— 반경 이십 미터 이상 무!

— 선행해서 확인해라.

탱크의 지시에 유리안이 움직였다. 앞서 나가며 주변을 빠르게 훑었다.

위험한 것은 없어 보였다. 불안한 느낌이 들거나 걸리는 것도 없었다.

— *베이스까지 이상 무!*

— *속도를 높인다.*

사사사사싯!

세 사람이 일제히 속도를 높였다.

— *경계 모드!*

속보 형태로 빠르게 바위까지 다가간 탱크는 두 사람에게 경계를 지시했다.

— *시작하셔도 됩니다.*

— *염려하지 마십시오.*

두 사람이 경계 상태에 들어가자 탱크는 등에 멘 백팩에서 여러 개의 쇠막대가 묶여 있는 다발을 꺼냈다.

철컥! 철컥!

탱크는 쇠막대를 펼치거나 겹치며 빠르게 조립했다. 기구 하나가 금방 만들어졌다.

알 수 없는 문양들이 상감되어 있는 막대들로 만들어진 것은 삼발이 형태의 다리와 안에 들어갈 것을 고정시키는 지지대로, 무엇인가를 받치기 위한 기구였다.

탱크는 삼발이를 바위 가운데 올려놓은 후, 백팩에서 다시 마름모꼴의 육면체를 꺼내 들었다. 검은색의 금속 재질에 약간은 짙푸른 광채가 희미하게 나오는 금속은 한눈에 보기에도 범상치 않아 보였다.

조심스럽게 지지대에 육면체를 고정시킨 탱크는 다시 백팩에서 붉은색 액체가 든 앰플을 꺼냈다.

― 지금부터 패턴 인식에 들어간다. 혹시 모르니 주변을 철저히 경계해라.

― 걱정하지 마시고, 후딱 끝내십시오.

― 알았다.

제레미의 메시지를 받으며 탱크는 양손을 마법이 내장된 육면체에 가져다 댔다.

우우우웅!

탱크의 손을 떠난 마나가 흡수되자 육면체가 잘게 진동을 시작했다.

진동이 끝나자 상감된 쇠막대를 따라 푸른빛이 넘실거리며 삼차원의 빛이 구체를 형성하며 커져 갔다.

수많은 문양으로 이루어진 구체 주변을 따라 각양각색의 빛이 어우러지며 나타났다가 사라지기를 반복했다.

'으음, 일곱 개라니! 역시 여러 개의 세계가 겹쳐지거나 연결된 것이 틀림없다.'

각각의 빛은 각 세계마다 나타나는 고유의 패턴들이었다. 지금까지 나타났던 모든 게이트들은 하나의 패턴밖에는 없었기에 탱크의 얼굴이 일그러졌다.

'이런 식의 다중 패턴에 대한 대응책이 없으니 귀속은 불가

능하다. 뒤따라온 놈들은 다른 세계에 있을 가능성이 높겠구나.'

게이트를 통해 발견되는 세계는 하나의 패턴으로 인식되어진다. 고유 패턴을 분석하면 그에 따라 상성이 맞는 고유 능력자를 통해 귀속을 시킬 수 있지만, 이런 형태라면 절대 불가능한 상황이다.

마법 아이템에 패턴 인식이 끝나면 지구로 돌아갈 수 있는 게이트를 다시 열 수 있다. 마법 아이템이 임시로 주인이 정해진 것과 같은 효과를 발휘하기 때문이다.

치이이이익!

곤혹스러운 표정으로 생각에 잠겨 있던 탱크는 갑작스러운 소리에 탐색기를 바라봤다.

주변에 떠오른 패턴들의 영향 때문인지 쇠막대가 붉게 달아올랐다. 주변에 떠오른 입체 영상도 백광을 내뿜기 시작했다.

지금 마법 아이템은 아무런 성능도 발휘하지 못하고 있었다. 오히려 일곱 개의 패턴을 받아들인 탓인지 과부하가 걸려 내장되어 있는 마나석이 폭발할지도 모를 상태였다.

세 사람이 눈빛을 교환했다. 마나석이 폭발한다면 상당한 범위가 쑥대밭이 될 것이 빤한 까닭이었다.

— 피하자.

— 이것 참, 재수도 지지리 없네요.

— 잔소리 말고 피하자.

파파팟!

세 사람은 빠르게 처음 움직이기 시작했던 곳으로 달리기 시작했다.

콰콰콰—콰쾅!!

"배리어!!"

그들이 움직이고 얼마 지나지 않아 강렬한 폭발음이 들렸고, 탱크는 곧바로 배리어를 쳤다.

퍼퍼퍼퍼퍽!!

후드드드드득!

폭발의 여파로 날아온 바위 조각이 탱크가 친 배리어에 부딪친 후 떨어져 내렸다.

"휴우, 다행이군."

"다중 세계라니… 정말 지랄 같네요, 팀장님."

"그러게 말입니다."

"어쩔 수 없는 일이다. 중앙에서도 이미 어느 정도는 생각을 했던 것 같으니까."

"중앙에서요?"

"이제는 너희들도 알아야 할 것이 있다."

의문을 드러내는 제레미를 향해 탱크가 굳은 얼굴로 말했다.

"뭔데요, 팀장님?"

"지금과 같은 현상이 벌어지는 곳은 여기만이 아니다. 남아

메리카와 아프리카, 유럽, 오세아니아, 아시아 등지에서 동시다발적으로 발생했다."

"그럼 다중 세계가 연결된 게이트가 나타난 곳이 여기만이 아닐 수도 있다는 뜻이네요?"

"맞다. 다른 곳도 우리 요원들이 정보를 파악하기 위해서 파견이 되긴 했어도 직접 진입은 어려운 상태라 정보를 파악하는 것은 어렵겠지만, 내 생각에는 그럴 확률이 매우 높다."

"돌아갈 방법도 없고… 이제 어떻게 하죠?"

"각 대륙의 대응 상태에 따라 우리 쪽에서도 조치를 취하겠지만, 지금부터는 우리가 게이트를 찾아야 한다. 분명 이곳에도 접점이 되는 곳이 있을 테니까 말이다."

"으음, 어려운 여정이 될 것 같네요. 탐색기도 없고."

"그건 염려하지 마라. 이럴 때를 대비해 파장 감지기 세트 세 개를 가지고 왔으니."

"크크크, 역시 팀장님이네요. 그사이에 그것들을 챙기셨다니."

"파장 감지기를 가지고 있지만, 그리 쉬운 상황이 아니다. 여러 개의 세계와 연결되어 있다면 어떤 몬스터들이 나타날지 알 수 없으니 말이다."

"뭘 어렵게 생각해요. 모두 박살 내버리면 되지."

"이 세계는 상상 이상으로 크다."

"얼마나 크기에 그래요?"

"탐색기에 잠깐 나타난 좌표들의 크기로 봐서는 최소한 남북 아메리카를 합친 넓이 정도는 되는 것 같다."

"젠장, 더럽게 크네요."

지금까지 나타난 양방향 게이트의 경우, 연결된 세계의 크기는 그다지 크지 않았다. 가장 큰 것이라고 해봐야 미국 영토의 절반 정도밖에 되지 않았는데, 이건 커도 너무 컸다.

"어쩌면 이곳을 빠져나가지도 못할지 모른다."

"뒤져 보다 보면 게이트를 찾을 수 있을지 모르는 거 아니에요?"

"우선 식량과 식수가 문제다. 우리가 가지고 온 것은 한 달 치인데, 그 정도 양으로 이곳을 전부 탐색할 수는 없다."

"분석기는요?"

"내가 걱정하는 것이 그 부분이다. 사용할 수는 있지만, 분석 결과를 확신할 수 없으니 말이다."

"일단 찾는 것부터 시작하지요. 최소한으로 버티다 식량과 식수가 떨어지면 분석기로 분석을 해보고 최대한 위험하지 않은 것으로 먹으면 되잖아요. 그리고 우리가 언제 죽을지 살지를 따졌어요?"

제레미의 말에 탱크는 정신이 번쩍 들었다.

죽음을 각오하고 시작한 일이었는데 어느사이엔가 안주해 버린 자신을 느낀 것이다.

"후후후, 그렇지. 유리안, 어떠냐?"

제레미의 말에 동조하며 유리안을 바라보았다.

"이미 결론이 나지 않았습니까. 우린 팀이고, 죽어도 같이 죽고, 살아도 같이 사는 겁니다."

"좋다, 해보자. 얼마나 넓을지 모르지만, 제까짓 것이 어디 돌아다니는 것은 아닐 테니."

"가죠."

"그래."

세 사람은 빠르게 이동하기 시작했다.

탐색기가 폭발하기 직전에 보여줬던 영상을 생생하게 기억하고 있는 탱크가 게이트가 있을 가장 유력한 방향으로 팀원들을 인도해 나갔다.

테라 나인의 알파 팀이 사라진 것은 골든 게이트로서는 큰 손실이었다.

알파 팀이 지금까지 탐사한 게이트는 모두 열두 개로, 골든 게이트에 막대한 힘을 안겨줬던 공로를 생각할 때 그냥 손놓고 있을 수는 없었다.

테라 나인의 베타와 감마 팀은 물론이고, 전위 조직을 지원하는 정보 조직인 오메가까지 동원이 되어 알파 팀을 구조할 계획을 짜고 있었다.

"어떻게 됐나?"

골든 게이트 내에서 미주를 책임지고 있는 가드너가 물었다. 그는 미주 국장에 더해 골든 게이트의 수장을 보좌하는 3인의 부수장 중 하나였다.

가드너의 물음에 회의에 참석한 사람 중 하나가 보고했다. CIA 국장으로 있는 로버트였다.

"나이트 크로스와는 연계가 가능하겠지만, 블랙 엑스는 독자적으로 구조를 할 계획이라고 답변이 왔습니다."

"그놈들은 여전히 답답하군. 그때가 언제인데 우리는 물론이고 나이트 크로스와도 교류를 하지 않는 정책을 유지하고 있다니 말이야."

"맺힌 것이 많아서일 겁니다. 더군다나 인디오들이 가담한 후부터는 더욱 폐쇄적으로 변해 버려서 처음부터 기대조차 하지 않았습니다."

"그럼 우리와 나이트 크로스만으로 구조대를 꾸미게 되겠군."

"연방 정부에도 지원 요청을 한 상태니 어느 정도는 도움이 될 겁니다."

"그들이 제대로 된 지원을 하겠나?"

"멀티 월드에 대한 정보를 일정 부분 공유하기로 해서인지 시크릿 에어리어의 물품 중 필요한 장비들을 지원해 준다고 합니다."

"정말인가?"

"사실입니다."

"그냥 줄 리는 없고, 장비 내부에 탐색 장비나 영상 장비를 설치해서 줄 모양이군."

"어떻게 할까요?"

"임시 게이트가 열리지 않는 것을 보면 장비에 문제가 생긴 것일 테니, 그냥 지원을 요청하도록 하지. 어차피 촬영을 한다고 해도 세계의 비밀에 접근하기는 어려울 테니까."

"그렇게 하겠습니다."

"좋아. 구조대 건은 이렇게 마무리하기로 하고, 다른 곳 사정은 어떤가?"

"최고의 전위 조직들이 모두 사라져 버린 탓인지 다들 정신이 없나 봅니다. 하지만 전위 조직들이 진입한 게이트 근처를 봉쇄하고 정보가 새어 나가는 것을 막고 있습니다."

"다른 곳의 정보를 얻는다는 보장은 없겠군. 하지만 혹시 모르니 예의 주시하도록 하게. 예민하게 굴 수 있으니까 정체를 들키지 않도록 유념시키고 말이야."

"예, 지부장님."

"좋아, 이제 준비는 끝났다. 사상 초유의 일인 만큼 지금부터는 비상대기 체제로 운영한다."

가드너의 지시에 상황실 요원들이 바빠졌다.

가용할 수 있는 모든 위성들이 옐로스톤을 중심으로 탐색에

들어갔고, 이상 현상이 발생한 타 대륙의 상공에도 바쁘게 위성
들이 이동을 시작했다.

그다지 피로하지는 않지만 처음 치른 실전이라 잠시 쉬었던
나는 휴식을 끝내고 주변을 살폈다.

바위산을 중심으로 원형을 그리며 녹색의 관목으로 위장한
괴수 지대가 더 넓어진 것 같다.

"한쪽 방향만 처리했는데 다른 곳도 권속으로 자처하는 모양
이군."

원형의 띠를 둘러 생성되었던 거대한 붉은 뿔의 괴수 지대가
이제는 모두 녹색이다.

역시 본보기를 보일 필요가 있던 것 같다.

천천히 걸었다. 이제는 녹색 뿔로 변해 버린 괴수들이 알아서
길을 비켜준다. 권속이 늘어난다는 것은 좋은 일이다. 귀찮은
일이 없으니 말이다.

파파파파팟!

속도를 높였다. 수용소에서라면 상상도 할 수 없을 빠른 속도
로 대지를 치달렸다.

내 생각을 아는 것처럼 미리 길을 내주는 괴수 지대를 빠르게
가로질렀다.

한참을 달렸다. 이곳에 떠 있는 태양이 두 번이나 뜨고 지나는 시간 동안 계속해서 달린 것 같다.

달리는 것을 멈췄다. 푸른 강물이 눈앞에 있었기 때문이다.

"꽤 맑군."

물속 깊은 곳까지 보일 정도로 아주 맑은 강물이다. 워낙 넓이가 넓어 강으로 보이지도 않지만, 강은 확실하다.

바위산 정상에서 확인했을 때, 눈앞에 보이는 거대한 산맥을 따라 길게 늘어선 강줄기를 보았다.

"어떻게 건너가지? 보통 강은 아닌 것 같은데."

아주 투명한 빛깔을 가지고 있어 바닥이 다 보이지만, 강 내부에 무엇이 있는지는 알 수 없는 상태다.

폭포와 지하 수로에서 막대한 수기를 얻었다고는 하지만 이곳에서 통한다는 보장도 없으니, 주의해서 살펴봐야 한다.

아무리 살펴봐도 안에 무엇이 있는지 알기가 어렵다. 시리도록 싸늘한 적의를 보면 괴수가 있다는 것은 분명한데, 종류를 알 수가 없다.

"일단……."

강가로 다가가 양손으로 물을 움켜쥐었다.

"그냥 물이로군."

수기에 민감한 나다. 다른 성분이 있을지 몰라 확인을 했지만, 평범한 물이다. 문제라면 수기가 하나도 없다는 점이었다.

"이 안에서 살고 있는 놈들이 수기를 품고 있는 건가?"

물 자체에는 수기가 없지만, 느껴지기는 한다. 그것도 이리저리 움직이고 있는 수기가 말이다.

"엘리멘탈형 괴수들인가?"

가장 가능성이 높은 것은 엘리멘탈형 괴수들이다. 원소형이라고도 불리는 것으로, 수기와 물을 본질로 삼는 괴물들이 강속에 살고 있을 확률이 높았다.

"아무래도 맞춤형으로 나타나는 것 같군."

C급의 괴수들은 녹령과 연관이 있는 놈들이었다. 이번에 나타난 놈들은 수기를 간직한 엘리멘탈이다.

내가 가진 힘에 반응해 나타나는 것을 보면 서서히 이곳 세계도 내가 주인임을 인식하는 모양이다.

이렇게 나를 시험하듯 내 힘과 반응하는 괴물들이 나타나는 것을 보니 말이다.

"원한다면 장단을 맞춰주는 것도 나쁘지는 않지."

천천히 강물 속으로 발걸음을 옮겼다. 물 자체가 수기가 존재하지 않는 탓인지 단전에 있는 내단이 부르르 떨며 반응한다.

수기가 풀려 나온다. 빠르게 주변 강물을 잠식하고 자신의 영역임을 선포한다.

"후후후, 네놈들 영역이라는 말이지?"

강물 속에서 움직이고 있는 수기들이 일제히 적의를 드러낸다.

"첫 번째로는 적합하네."

참진팔격 중 오 격을 시험해 볼 시간이다. 바탕은 수기가 되겠지만, 찌르고[衝], 자르고[斷], 뭉개 버리는[爛] 삼 격의 움직임 아래 기운을 둘러 압력을 만들고[壓], 사방으로 띄워[余], 휘돌아[旋] 묶은 후[結], 산산이 부수는[散] 연계기가 바로 참진팔격이다.

C급의 괴수들을 상대하며 삼 격을 완전히 내 것으로 만들었다. 이제는 수기를 사용해 나머지 오 격을 펼칠 차례다.

실체가 분명한 괴수들을 상대할 때와는 조금 다르겠지만, 지금 내가 하려는 것도 나쁘지 않은 방법이다.

강물로 펴져 나가는 수기가 압력을 만들어낸다. 그물에 갇힌 물고기마냥 발버둥 치는 엘리멘탈들이 느껴진다.

내 손짓을 따라 수기의 그물에 걸린 엘리멘탈들이 서서히 강물 위로 떠오른다.

휘이이이이이익!

살고 있는 강물에 휩싸여 서서히 엘리멘탈들이 회전을 시작했다.

강력한 원심력이 작용하는 가운데 엘리멘탈들이 서로 섞이기 시작한다.

[끼아아악!]

[끼아악!]

놈들이 비명을 질러 댄다. 엘리멘탈들의 의지가 사라진다. 다른 개체와 섞여 의지가 소멸되며 기운으로만 남겨지고 있다.

내가 생기가 아닌 사기를 싣고 참진팔격을 시전하고 있기 때문이다.

사방 100미터에 이르는 구역 내에 있던 모든 엘리멘탈들을 소멸시켜 하나로 묶었다.

'이대로 끝내도 되지만!'

어차피 시전한 오 격이다. 마지막까지 가보고 싶다.

"산!!"

콰―아앙!!

거대한 폭발음과 함께 묶여져 있던 수기들이 사방으로 흩어진다.

쏴아아아!

강물이 하늘로 치솟기 시작한다.

떨어져 내리는 수기 때문이다. 그저 물이었던 강물들이 수기와 합쳐져 본래의 모습을 찾은 후, 다시 떨어져 내린다.

"후후후, 강물로 퍼져 있던 내 기운과 동조를 하는구나."

흡수가 되지는 않았지만, 내 기운에 반응한다. 강물들의 호응에 기분이 좋다.

"이렇게 하면 되는 건가?"

내가 가진 능력의 극히 일부분만 사용했다. 수기의 양이 얼마

인지 나조차 알 수가 없으니 한 번 해보고 싶다.

그리고 비록 다른 세계지만 내 한계가 어디까지인지 알고 싶어졌다.

나머지 오행지기를 갖기 위해서라도 말이다.

천천히 강불 속으로 걸어 들어갔다.

이미 내 영역이 된 곳이라서 그런지, 머리가 물속에 잠겨도 숨을 쉬는 데 불편하지 않다. 피부호흡을 통해 산소가 흡수되고 있어서다.

천천히 수기를 풀었다. 끝도 없이 풀려 나오는 수기가 강물을 따라 빠르게 퍼져 나간다.

물속에서는 난리도 아니다. 서로 의지를 공유하기라도 한 듯 엘리멘탈들이 수기를 피해 도주하는 중이다.

'그런다고 도망갈 수 있을 것 같으냐?'

수기는 물에서 비롯된다.

엘리멘탈들이 기운을 쏙 빼놓은 강물이라서 그런지, 스펀지가 물을 흡수하듯 수기를 받아들인다.

가히 섬광과 같은 속도니 엘리멘탈이 피할 곳은 없다. 강물을 벗어나려 발버둥 치지만, 그것도 곤란하다. 놈들이 살아가는 곳이 강물이니 말이다.

한참 동안 수기를 풀어냈다. 아니, 쏟아부었다는 것이 맞을 것이다. 이제는 수기가 한계를 보인다.

'시작하자.'

다시 한 번 오 격이 시작되었다.

[까아아악!]

[끼아악!]

사방이 비명 소리로 난리도 아니다. 조금 전에 자신의 동료들이 무참히 사라졌다는 것을 아는 것 같다.

'자기 자신만 아는 너희들은 해가 될 뿐이다.'

본래부터 생명체가 없었을지도 모르지만, 엘리멘탈들이 수기를 모두 빨아들여 강은 생물이라고는 살 수 없는 곳이 되어버렸다.

맑고 깨끗하기는 하지만 죽은 강인 것이다. 자연의 조화를 거부하며 자신의 욕심만 차리는 것들은 사라져야 한다.

[살려주세요.]

결심을 하는 찰나, 강력한 의지가 뇌리로 전해졌다.

"누구냐?"

[저는 이 아이들의 어머니예요. 제발 아이들을 살려주세요. 제발!]

간절함이 담긴 의지는 나에게 애원했다.

"내가 왜 그래야 하지? 있어봐야 해만 끼칠 놈들인데."

[세계의 주인이시여! 제발 자비를 베풀어 주세요. 자비를 베풀어주신다면 아이들도 달라질 거예요. 아이들의 어머니로서 약속할게요.]

"으음, 좋아. 그렇다면 모습을 보여봐."

어쩌면 물의 엘리멘탈들을 통제할 수 있을 것 같아 일단 대화를 해보기로 했다.

'대단하군. 이 강물 자체가 놈들을 탄생시킨 모태였나 보군.'

서대한 강물이 몸을 일으켰다. 그리스의 여신과 같은 모습을 한 강물은 불안한 눈빛으로 나를 바라본다.

"어째서 이렇게 그냥 놔둔 거지?"

[오로지 성장하기 위한 욕망만 있는 아이들이에요. 어머니는 모든 것을 주는 존재예요. 세계의 주인이 정해지지 않았기에 이렇게 놔둘 수밖에 없었어요. 아이들이 각성을 할 수 없었기 때문이에요. 하지만 이제는 달라요.]

"이제는 각성을 할 수 있다는 것인가?"

[주인이 정해진 이상 성장의 기준이 달라져요. 주인의 의지와 생각에 따라서 기분이 정해지기 때문이에요.]

'역시 그런 건가?'

그리스 여신 같은 모습의 강물을 말을 들어보니 내가 생각한 것이 맞았다. 세계가 내 의지를 인식하고, 그에 맞추어 변화하고 있다는 것을 알 수 있었다.

"너의 이름은 무엇이지?"

[전 이름이 없어요. 오직 이 아이들의 어머니라는 것뿐이죠. 이제 주인이 되셨으니 이름을 정해주셔야 돼요. 그렇게 되면 제가 이 아이들을 제어할 수 있어요.]

"좋아. 네 이름은 수모다. 물의 어머니라는 뜻이다."

[고마워요. 이제부터 제 이름은 수모! 아이들은 당신을 따를 거예요.]

쏴아아아!

대답을 끝으로 수모의 몸을 이루던 강물들이 쏟아져 내렸다. 빗줄기처럼 쏟아지는 물 사이로 희미한 모습들이 보인다.

여자아이의 모습을 한 엘리멘탈들이다.

[고마워요, 아버지.]

한목소리로 들려오는 의지가 나에게 전해진다.

'젠장, 아버지라니!'

장가도 가지 않았는데 아버지라 불리니 기분이 별로다.

'모두가 내 심상에 비쳐 있는 여자아이들의 모습이구나.'

같은 얼굴이 하나도 없이 모두 각양각색이다. 그렇지만 하나같이 아름답다.

"수기는 모든 생명의 모태이니 앞으로는 조화를 이뤄야 하고, 생명체들을 품어줘야 한다. 그래야만 너희들도 성장할 수 있을 테니 말이다."

[명심할게요, 아버지.]

"모두 제자리로 돌아가라."

아버지라 불리니 온몸에 닭살이 돋는다.

서서히 강물 속으로 잠겨드는 아이들을 느끼며 앞으로 나아갔다. 물살을 헤치는 몸에 부드러움이 느껴진다. 하나하나가 아이들의 손짓이다.

[고마워요, 여…….]

"그만, 더 말하면 다 뒤집어 버린다."

수모가 할 다음 말은 뻔했다.

이 세계를 아우르는 수기의 주인이 바로 수모다. 여성체인 수모는 세계의 주인인 나를 배우자로 인식하고 있음이 틀림없었다.

[알았어요. 호호호!]

배시시 웃고 있는 수모의 모습이 느껴진다.

'수기의 모체인데 인간처럼 느껴지다니, 젠장. 분명 다음 말은 여보였겠지.'

해코지하려고 한 것은 아니겠지만, 아무래도 수모에게 속은 느낌이다.

그녀의 자식들인 엘리멘탈들이 나를 아버지라고 부르는데다가 나에게 이상한 호칭을 사용하려는 수모를 보면 내가 너무 앞서 나가는 것은 아닐 것이다.

강을 가로질러 산 밑으로 향했다. 강가로 올라서자마자 몸에 묻어 있는 물들이 살아 있는 것처럼 빠르게 강으로 흘러내린다.

"쩝."

강물이 조금은 흐려진 것 같다. 내 옷과 몸에 붙어 있는 이물질들을 흘러내린 물이 가져간 탓이었다.

"더러운 것들은 깨끗하게 정화시키는 것이 좋다."

[저도 알고 있어요. 호호호.]

"다음에 보도록 하지."

[물이 있는 곳이라면 어느 곳이든 제가 있어요. 언제든지 불러주세요. 당신 곁에 있을게요. 호호호.]

웃음소리를 끝으로 존재감이 사라진다. 내가 화를 낼까 봐 사라져 버린 것 같다.

"후우, 그래도 나쁘지 않은 기분이군."

엘리멘탈들의 어머니라는 것은 사실이겠지만, 강물이 모태는 아닐 것 같다. 물이 있는 곳이라면 언제든지 내 곁에 있을 수 있다는 말은 그야말로 모든 물의 어머니란 뜻일 것이다.

"이제는 그만 나가봐야 할 것 같구나. 내가 가진 기운 중에 이 세계를 감당할 수 있는 것은 수기뿐이니까."

다른 기운도 조금씩 가지고 있기는 하지만, 수기에 비한다면 그야말로 바다 가운데 한 방울의 물에 지나지 않을 정도로 적은 양이다.

녹령이 있다고는 하지만 이 상태에서 새로운 세계를 여행한다는 것은 어려운 일이다.

앞으로 나타날 것들을 대비하기 위해서라도 다른 기운을 가져야 한다.

비록 지구에서는 제대로 활용하지 못하겠지만, 이곳이라면 큰 힘을 발휘할 수 있을 테니 말이다.

"내 주변으로 모여라."

강물 건너편에 녹색의 관목들이 펼쳐져 있다. 의지를 일으켜 명령을 내리자 빠르게 다가왔다.

이놈들도 일종의 엘리멘탈일 수 있다. 그 큰 덩치로 땅속을 빠르게 활보하는 녀석들이다. 토기를 가진 엘리멘탈의 한 종류일 수도 있다는 생각이 들었다.

'수기를 느끼고 있는 마당에 토기를 못 알아볼 리 없다. 이놈들 나름대로 땅속을 제집처럼 지나다닐 수 있는 능력을 가지고 있는 것이 분명하군.'

어떤 종류의 괴수인지 확신할 수는 없지만, 녀석들이 나를 보호하려 한다는 것은 알 수 있다.

아직까지 특성을 파악할 수 없기는 하지만 사방으로 뿔을 치켜세우고 경계하는 것을 보면 말이다.

'엘리멘탈이라……'

의지로 대화가 가능한 엘리멘탈이 존재한다. 그리고 내게 종속된 엘리멘탈까지 있다.

황당하고 경이로운 상황이지만, 그다지 신기하지만은 않다. 마치 예전부터 잘 알고 있던 것처럼 말이다.

'익숙한데 익숙하지 않은 느낌이라… 이것은 괴다. 스승님께 배운 대로라면 누군가 내 기억에 손을 댔다는 뜻인데……'

자연스럽지 않은 현상이다. 뭔가 머리를 간질이는 현상도 내

의혹을 부추긴다. 뭔가에 의해 내 기억이 지워졌음을 뜻하는 것이기 때문이다.

'스승님께서 내게 뭔가를 하신 모양이구나. 내 기억을 조작할 수 있는 것은 스승님뿐이니까.'

돌아가시기 직전에 내게 안배를 베푸신 것이 틀림없는 것 같다. 이미 당신이 돌아가실 상황을 예측하고 계셨던 것이 분명하니 말이다.

'스승님께서 베푸신 안배니 때가 되면 풀리겠지.'

기억에 조작이 있겠지만, 내게 해로운 일을 하실 스승님이 아니시기에 걱정하지는 않는다.

"슬슬 돌아가 볼까?"

지구로 돌아가야 할 시간이다.

이곳으로 다시 와서 저 거대한 산맥을 넘으려면 나머지 오행지기도 얻어야 하니 말이다.

"스승님께서 말씀하신 무극지라는 것을 더 찾을 수 있어야 일이 쉬워질 텐데, 걱정이군."

기가 모이는 무극지는 폭포에서 찾을 수 있었다. 덕분에 깊은 지하 수로를 따라가며 모인 수기를 얻을 수 있었다.

오행의 기운이라는 금기와 지기, 그리고 화기와 목기가 모여드는 무극지를 찾으면 좋겠지만, 쉽지 않을 것이 분명하다.

수기가 모여드는 무극지를 만난 것은 그야말로 천운이었다. 그런 천운이 다시 나에게 온다는 것은 어려운 일이니, 이제부터는 그야말로 필사의 수련을 해야 한다.

"현재 좌표가 어디인지는 모르겠지만, 충분한 공간이 확보될 때에만 활성화될 수 있도록 했으니, 어디 보자."

눈을 감고 지구에 남겨둔 좌표를 생각했다.

"좌표가 활성화됐구나. 그런데 이건 뭐지?"

게이트와 연결되면서 좌표가 활성화됐다는 것은 확실히 느낄 수 있었지만, 감도가 무척이나 컸다.

작은 옷자락에 남겨둔 것이라고는 생각할 수 없을 정도였다.

"감도가 클 뿐 위험은 없는 것 같으니, 일단 넘어가도록 하자."

내 권속들이 주변을 철통같이 둘러싼 이상 안전지대는 이미 확보했다.

다시 돌아오는 것은 문제가 없기에 게이트를 넘기로 했다.

뭔가가 쑥 빨려 나가는 느낌과 함께 뿌연 안개 같은 것이 망막에 가득 찬다.

다시 시야가 확보되기 시작했을 때는 온통 어둠만 가득했지만, 사물을 구분하기에는 충분했다.

'뭐지?'

지구로 돌아온 것이 분명하다는 것을 느낀 순간, 거무튀튀한 물체 앞으로 시야가 확 당겨졌다.

그리고 빨려들 듯 안으로 스며들었다.

'도대체…….'

물체 안으로 스며드는 순간, 까무룩 정신을 잃었다.

정말 예상치 못한 일이다.

제3장

3

슈―우웅!!

번쩍!

콰―콰콰콰쾅!!

쿠르르르르!

　내가 처음 촌장을 만나 그 이야기를 들었을 때 들려준 소리를 글로 표현해 봤다.

　당시의 충격이 얼마나 컸는지 시간이 상당히 지났음에도 촌장은 겁에 질려 있었다. 지금부터는 촌장이 내게 이야기해 주었던 것과 인근에 살고 있는 사람들 중에 당시의 상황을 기억하고 있는 이들이 말한 내용을 기록해 보겠다.

　그날, 태양과 같은 불덩어리가 굉음과 함께 갑자기 서쪽에서 동쪽으로 쏜살같이 날아갔다. 잠시 후, 불덩이는 기다란 불기둥으로 변하여 벼락 치듯이 내리꽂혔고, 하늘을 찢는 폭음이 울렸다. 커다란 불덩어리의 폭발로 발생한 충격파는 모든 것을 휩쓸어 버렸다.

　주민들의 증언과 더불어 그동안 내가 조사한 것을 종합해 볼 때, 그날의 폭발은 정말 엄청난 것임을 짐작할 수 있다.

　폭발로 인해 65㎞ 떨어진 바나바라 마을에 있는 건물의 벽들이 모두 무너졌다. 유리창이 하나도 남김없이 박살이 났으며, 사방에 불길이 치솟았다. 심지어 600㎞ 떨어진 곳에 서 있던 말들이 쓰러질 정도였다고 한다.

　지금까지 조사한 바로는 이 폭발은 정확히 1908년 6월 30일 오전 7시에 일어난 것으로 확인이 됐다. 바나바라 마을의 촌장이 기록한 일기에 나와 있으니 거의 정확할 것이다. 이 공포의 불덩어라는 바이칼 호 북서쪽 포드카멘나야 퉁구스카 강 상류의 밀림 지대로 떨어진 것으로 보인다.

　중부 시베리아에서 엄청난 폭발 사건이 일어났음에도 워낙 오지인 탓에 그에 대한 정확한 기록이 없다는 것이 정말 아쉽다. 폭발이 일어날 당시에는 이런 사실이 있었는지도 몰랐을 테고, 설사 알았다고 해도 그 당시라면 조사관을 파견할 수도 없었을 테니 당연한 일이었을 것이다.

　제대로 배우지 못해 그저 글자 몇 개 정도만 아는 탓에 촌장이 남겼다는 일기도 상세하지 않고 단편적인 것들만 기록되어 있다. 주민들 대부분이 무지렁이들이어서 다른 기록을 찾는다는 것도 요원하다.

무엇 하나 단서가 될 만한 것이 없는 상황이라 힘든 조사가 될 것 같다. 조사를 하려면 직접 현장에 가는 수밖에 없지만, 폭발의 중심지가 워낙 오지다. 찾아가는 것도 쉽지 않고, 흔적이 제대로 남아 있을지도 의문이다.

오늘 폭발 현장을 확인했다. 보면 볼수록 놀람을 숨길 수 없는 상황이다. 폭발의 여파는 내가 조사한 것뿐만이 아니었다. 폭발의 중심지를 조사해 본 결과, 발생한 지점에서 사방 120㎞나 되는 밀림 지대의 초목이 모두 타버린 것을 확인할 수 있었다.

또한 3,500㎢에 이르는 거대한 침엽수들이 주검으로 변해 버린 병사들마냥 모두 쓰러져 있는 것도 볼 수 있었다. 지금까지 개발한 폭탄을 수천만 발 폭파시킨다고 해도 이 정도의 여파는 남기지 못했을 것이다.

인력과 장비는 물론이고, 재정도 열악한 탓에 더 이상 조사를 못하는 것이 아쉽다. 이 정도 폭발을 남긴 불덩어리가 무엇인지 확인할 수 있는 흔적을 아무것도 찾지 못했으니 말이다.

벌써 몇 날 며칠째 단서를 찾아 헤맸는지 모르겠다. 폭심을 중심으로 샅샅이 뒤져 봤지만, 아무것도 나오지 않는다. 폭발의 원인이 무엇인지 몰라도 이 정도 폭발이면 원인이 되는 물체는 어마어마한 크기였을 것이다. 자그만 파편이라도 남겼을 텐데 하나도 찾을 수 없다니, 이상한 일이 아닐 수 없다.

아무래도 보고를 한 후 다시 찾아와야 할 것 같다. 더 많은 인력과 장비를 동원한다면 폭발의 원인을 찾을 수 있을 것 같으니 말이다.

베이스캠프로 돌아오는 동안 세 명이나 죽었다. 나무에 긁힌 상처를 내버려 둔 탓에 고열과 두통에 시달리다 죽음을 맞이했다. 사체로 인해 전염병이 발생할 수도 있기에 현지에 묻은 후에 유품만 챙겨서 돌아왔다.

베이스캠프에 돌아온 날부터 내 몸도 조금 이상하다. 상처가 하나도 없음에도 몸에서 열이 나고 있다. 조금 어지럽지만 기록은 남겨야 하기에 펜을 들었다.

돌아오는 동안 내내 고민한 것이 있다. 역사가 시작된 이래 가장 큰 폭발이지만, 이 폭발로 인해 죽은 사람이 아무도 없다는 것이 내 고민의 시발점이다. 워낙 오지이기는 하지만 드문드문 화전민들이 살고 있었는데 이상하게도 죽은 사람이 없다니, 조사해 볼 만한 일인 것 같다.

구전으로 내려오는 진술들을 들으면서 내내 느낀 것이지만, 아주 이상한 폭발이 아닐 수 없다. 몇 가지 단서를 찾기는 했지만 아직 확실하지는 않다. 다음 기록을 위해서라도 분석이 빨리 끝나야 할 텐데, 실험 기구들의 도착이 늦어지고 있는 상황이다.

워낙 오지인 탓에 실험이 제때에 이루어지지 않아 매우 안타깝다.

분석만 제대로 된다면 내 가설을 입증할 수도 있을 텐데 말이다.

1996. 10. 15. (화) 00:00.
미국 동부 해안 지대의 안가.

탁!

나이 탓인지 은회색의 백발을 하고 있는 중년의 신사가 양장으로 감싸인 작고 낡은 책자를 덮었다.

중년 신사의 이름은 케인이다. 세계의 향방을 좌우하는 수많은 조직들 중 수위를 다툰다는 골든 게이트의 수장이기도 하다.

케인이 지금까지 읽고 있던 것은 러시아연방 과학 아카데미의 회원이었던 레오 크리스의 진본 일기였다.

'골치 아프군.'

무수한 경로를 거쳐 자신의 손까지 들어온 일기를 바라보는 케인의 눈에는 착잡함이 깃들어 있었다. 얼마 전부터 발생하기 시작한 문제로 인해 골머리를 앓고 있었기 때문이다.

'또다시 세계가 변화하려는 조짐을 보이는데 원인조차 파악을 하지 못하고 있으니……'

옐로스톤에서 이상 상황이 발생한 후로 벌써 한 달 보름이 지난 시점이다. 테라 나인의 알파 팀에 대한 구조는 예전에 물 건너가 버렸고, 원인을 찾는 작업이 진행되고 있지만 그것도 확실하지가 않은 상황이다.

'세계 최고를 자랑하는 골든 게이트의 연구진들이 불철주야 실험을 하고 있는데도 원인을 찾아내지 못하다니……'

골든 게이트가 다른 이면 조직들보다 우위에 설 수 있던 것은 새로운 세계에 대한 이해가 빨랐기 때문이다. 블리자드와 함께 세계 최고로 꼽히는 연구진이 있었기에 가능한 일이었다. 그런데 그 최고의 연구진이 원인조차 파악을 하지 못하고 있는 것이다.

어쩌면 옐로스톤에서 벌어진 사태가 최초의 변화처럼 세상을 완전히 바꿔 버릴 수 있는 전조일지도 몰랐기에 케인의 마음은 못내 초조했다.

삐이익!

답답한 마음에 뭔가를 고민하던 케인은 책상 위에 놓여 있는 인터폰을 눌렀다.

― *시키실 일이라도 있으십니까?*

"실험장으로 갈 준비를 해주게."

집사의 대답에 케인은 자신이 안가를 떠날 것임을 알렸다.

― *곧바로 준비하겠습니다.*

"바로 나가도록 하지."

케인은 인터폰을 끄고 자리에서 일어나 지하 주차장으로 향했다. 케인이 향하는 지하 주차장은 특별한 곳이다. 안가와 동떨어진 지역으로 나갈 수 있는 비밀 통로가 있기 때문이었다.

주차장에 도착하자 집사인 스톤이 기다리고 있었다.

"뉴욕으로 가세."

"예, 마스터."

두 사람이 탄 차는 곧장 주차장을 따라 나 있는 지하 통로로 이동했다. 차가 빠져나온 곳은 1㎞ 떨어진 곳에 위치한 건물의 주차장이었다.

곧바로 건물을 빠져나온 차량은 빠른 속도로 이동했고, 뉴욕에서 제일 번화한 곳 중 한곳에 도착했다.

그곳은 바로 엠파이어 스테이트 빌딩이었다. 높이 381미터에 지상 102층의 이 거대한 건물은 한때 미국을 상징하던 곳이기도 했다.

빌딩 앞에 차가 도착하자 로비에서 도어맨이 다급히 나왔다.

"차는 두고 따라오게."

"예, 마스터."

케인과 집사인 스톤은 차에서 내려 차 열쇠를 도어맨에게 맡긴 후, 곧바로 빌딩 안으로 들어갔다. 스톤은 먼저 빠르게 로비를 가로질러 엘리베이터로 향했다.

"타십시오."

재빨리 엘리베이터를 잡은 스톤이 케인을 안내하고 자신도 안에 탔다. 스톤은 늘어선 버튼 중 몇 개를 연이어 눌렀다.

위이이이잉!

엘리베이터가 움직이기 시작했다. 엠파이어 스테이트 빌딩은 지하층 없이 지어진 건물이다. 하지만 놀랍게도 엘리베이터는 위가 아니라 아래로 움직이고 있었다.

뉴욕은 원래 거대한 암반 지대 위에 조성된 도시다. 편암이 주를 이루는 거대한 암반 지대는 워낙 지반이 견고해 거대한 건축물들을 지을 수 있었고, 엠파이어 스테이트 빌딩 또한 이런 건물군에 속해 있었다.

엘리베이터가 향한 곳은 지하 1㎞ 아래에 있는 공간이었다. 엠파이어 스테이트 빌딩 높이의 두 배가 넘는 깊이의 지하에 위치한 곳에는 강력한 결계와 더불어 단단한 금속 구조물로 만들어진 거대한 공간이 있었다.

이곳은 골든 게이트를 태동하게 만든 곳으로, 스팟과 게이트가 존재하고 있으며, 지금 한참 거대한 실험이 진행 중이었다.

딩동!

벨소리와 함께 엘리베이터가 열렸다. 미리 연락을 받은 듯 하얀 가운을 입은 자가 케인과 스톤을 맞이했다. 골든 게이트의 연구소장인 하이든이었다.

"어서 오십시오, 마스터."

"하이든, 실험은 시작됐나?"

"이제 곧 준비가 끝날 겁니다."

"탐색조는?"

"테라 나인의 베타 팀이 준비되어 있습니다."

"별다른 말은 없었나?"

"알파 팀장을 복귀시킬 단서를 찾는 실험이라고 하니 다들 열의가 대단하더군요."

"으음, 탱크가 인맥이 두터운 편이기는 하지. 실험 시작은 정확히 몇 시인가?"

"02시를 기해 실시할 예정입니다."

"조금 있으면 시작하겠군. 상황실로 가도록 하지."

"예, 마스터."

세 사람은 곧장 공동의 상층부에 위치한 상황실로 향했다. 케인이 도착하자 상황실의 연구진들이 일제히 일어나서 인사를 했다.

"나를 신경 쓸 필요는 없으니 실험에 집중하도록 하게."

케인의 말에 다시 자리에 앉은 연구진들은 실험 준비에 집중하기 시작했다.

얼마 지나지 않아 본격적인 실험이 진행됐다.

― *지금부터 터널 실험을 실시한다.*

하이든의 음성이 공동에 울려 퍼지자 공동 전면에 있는 커다란 철제문이 서서히 열리기 시작했다.

철제문이 열린 자리에는 온통 은빛으로 보이는 거울 같은 것이 존재하고 있었다. 직경이 3미터가 넘는 원형의 거대한 거울이었다.

― *베타 팀은 게이트 안으로 진입하라.*

다시금 하이든의 음성이 스피커를 타고 울려 퍼지고, 철제문 바깥에서 대기하고 있던 테라 나인의 베타 팀이 거울 쪽으로 다가갔다.

세 명이 한 조인 베타 팀은 서슴없이 거울로 다가갔다.

거울과 막 부딪치려는 것처럼 보이는 찰나, 빨려들 듯 베타 팀원들이 거울 속으로 사라졌다.

게이트를 통과해 다른 세계로 넘어간 것이다.

─ *지금부터 오메가 에테르의 주입을 시작한다. 게이트 입구에 있는 요원들은 모두 안전 지역으로 대피하기 바란다.*

─ *지금부터 오메가 에테르를 주입합니다.*

─ *채취된 양 전부를 사용하는 것이니, 더욱 주의하기 바란다.*

─ *예, 소장님.*

연구원이 대답과 동시에 기계를 조작했다.

작은 탱크처럼 생긴 은색의 로봇 하나가 장내에 나타나더니, 게이트를 향해 다가갔다. 로봇이 게이트 입구에 도착한 후 포신처럼 생긴 것이 조금씩 늘어나더니, 게이트 안으로 사라졌다.

─ *주입!*

─ *주입!*

로봇이 집어넣은 포신에서 옐로스톤 공원에서 발생한 스팟이 잠길 때 방출된 에테르 중 특별한 형태의 것이 게이트 안으로 발사됐다.

― 지금부터 계측을 시작한다.

― 계측 시작합니다.

로봇이 주입한 오메가 에테르 때문인지 은빛이던 게이트의 색깔이 점점 탁해지더니, 이내 검은색으로 바뀌었다.

― 게이트 개방 여부 확인하라.

― 아직 개방 중입니다.

― 에너지 패턴 변이도도 확인을 해라.

― 오메가 패턴과 섞여 새로운 패턴으로 변화 중입니다.

― 변화가 완료되기까지 얼마나 시간이 걸릴 것 같나?

― 패턴의 변화 속도로 볼 때, 변화 완료까지 앞으로 3시간 59분 소요될 것으로 보입니다.

― 비상 상황에 대비하고, 계측을 맡은 요원들은 한시도 모니터에서 시선을 떼지 말도록!

하이든은 지시를 내린 후, 케인에게로 다가왔다.

"어떻게 되고 있는 것인가?"

"실험은 별다른 위험 없이 진행되고 있는 중입니다."

애애애애―앵!!

하이든이 보고를 하는 와중에 요란한 사이렌 소리가 울렸다.

"당장 확인해 보게!"

"예, 마스터."

― 상황을 보고하라.

― 게이트의 에너지 수치가 기하급수적으로 오르고 있습니

다. 현재 50퍼센트, 53퍼센트, 60퍼센트. 게이트가 너무 빨리 변화되고 있습니다!

귓가에 들리는 경고음과 함께 모니터에 나타나는 게이지가 빠르게 올라가고 있었다.

— **폭발에 대비하라! 폭발에 대비하라!**

하이든의 다급한 목소리가 스피커를 타고 울려 퍼졌다.

콰—앙!

지시가 채 끝나기 무섭게 굉음과 함께 게이트에서 뭔가가 튀어나왔다. 그러고는 검은색으로 변했던 게이트가 다시 은색으로 돌아왔다.

— 보안 요원들은 만약의 사태에 대비하고, 게이트에서 나온 것이 무엇인지 확인하라.

— 소장님, 베타 팀원들입니다. 게이트에서 튕겨져 나온 것 같습니다.

— 보안 요원들은 곧바로 방역 조치를 한 후에 베타 팀원들을 응급실로 옮겨라. 나머지 보안 요원들은 몬스터 웨이브를 대비해 무장을 허가하겠다. 나머지 연구 요원들은 게이트의 상태를 확인하도록!

하이든의 지시가 연달아 떨어졌다.

— 게이트 상태가 안정화되었습니다. 양방향 소통에는 지장이 없는 것 같습니다.

— 상태가 어떤가?

— 에테르가 완전히 변화되었고, 내부 공간도 열 배 정도 확장된 것으로 확인됩니다.

— 공간이 확장된 것이 확실한가?

— 센서가 보내오는 신호대로라면 확실합니다.

— 으음, 지금 즉시 외부 덧문을 폐쇄한다. 연구 요원들은 계속해서 게이트 상태를 확인하도록.

별다른 이상이 없을 테지만 게이트 내부의 변화를 알지 못하는 이상 덧문을 열어놓는다는 것은 자살행위였다.

"문제는 없는 것인가?"

케인이 하이든에게 다가와 물었다.

"수치상으로 보면 안정이 된 것 같지만, 게이트 내부의 변화가 일어난 터라 안전을 위해 덧문을 닫도록 했습니다."

"으음, 아무것도 알아내지 못한 것 같은데… 문제로군."

"마스터, 아직 끝난 것이 아닙니다. 베타 팀원들의 바이탈 신호를 보면 다들 살아 있는 거 같으니, 안에서 무엇을 봤는지 확인을 해봐야 할 것 같습니다."

"나도 가도록 하겠네."

"그러십시오."

세 사람은 곧바로 상황실을 나와 응급실로 향했다. 응급실에 도착할 때까지 베타 팀원 중 정신을 차린 이는 아무도 없었다.

"상태는 어떤가?"

"바이탈 신호는 이상이 없습니다. 다만, 보유하고 있는 에테르에 충격을 받아 정신을 차리지 못하고 있습니다."

케인의 질문에 응급실장이 상황을 보고했다.

"언제쯤 정신을 차릴 것 같은가?"

"팀원들이 가지고 있는 에테르의 파장이 계속해서 변하고 있어서 확실히는 모르겠습니다."

"골치 아프군. 안의 상황이 어떤지 알 수 있는 것은 저들뿐인데 말이야."

"어떻게 할까요, 마스터?"

표정이 굳어진 케인을 향해 하이든이 물었다.

"다시 진입할 수는 있는 건가?

"혹시나 하는 위험성 때문에 폐쇄했지만, 출입은 가능할 것 같습니다. 다른 팀을 준비할까요?"

"아니네. 아까운 요원들을 잃을 수도 있으니 베타 팀원들이 깨어날 때까지 기다려 보도록 하지."

"알겠습니다."

"난 이만 돌아가 보도록 하겠네. 깨어나면 곧바로 나에게 연락을 주게."

"예, 마스터."

케인은 곧장 상황실을 나와 안가로 돌아갔다.

그러나 그의 기대와는 달리 베타 팀원들은 상당히 오랫동안 정신을 차리지 못했다.

1996. 10. 16. (수) 23:15.
대동강변.

밤이 늦은 시간.

5·1경기장 지하 비밀 기지에서부터 차를 몰고 나온 박명호
는 사람이 보이지 않는 도로를 따라 강변까지 차를 몰았다.

그러고는 대동강의 푸른 물이 넘실거리는 모습이 바라보이는
능라도의 구석진 곳에 차를 세웠다.

'후우, 시원하군.'

낚싯대를 하나 들고 차에서 내린 박명호는 오랜만인 듯 밤 풍
경을 즐기며 천천히 강변으로 다가갔다. 운전할 때와는 달리 박
명호의 얼굴에는 미소가 맺혀 있었다.

"하하하, 오랜만에 바깥나들이인데 오늘은 어떤 놈이 걸려들
려나? 쩝."

감시자들 없이 홀로 낚시를 하는 것도 즐거운 일이지만 오랜
만에 끓여 먹을 매운탕 생각에 입맛을 다셨다.

박명호가 들고 있는 낚싯대를 죽 펴며 강변에 앉았다.

낚싯대는 네 칸 반이나 되는 장대로, 대물을 낚기 위한 것이
었다. 얼마 전에 일본에서 건너온 것으로, 자신의 연구를 지원
하는 이가 선물로 준 낚싯대였다.

"지렁이가 좋겠군."

박명호는 바늘에 미끼를 달고 노련하게 낚싯대를 휘둘렀다.

휘익!

퐁!

경쾌한 소리와 함께 미끼가 강물 속으로 들어갔고, 박명호는 느긋하게 찌를 지켜보기 시작했다.

'언제나 그렇지만, 너무 어두워……'

찌를 보며 미소를 짓고 있는 얼굴과는 달리 박명호의 내심은 가라앉아 있었다.

강 건너의 모습은 불빛이 거의 보이지 않고 어둠으로 짙게 물들어 있었다.

공화국이 한반도의 패자가 되기는 했지만 강대국들의 제재 조치로 몇 년 전부터 급격하게 나빠지기 시작한 전력 사정 탓이었다.

'최고 지도자의 통치가 너무 오래되었어.'

갈수록 공화국의 사정이 나빠지고 있었다.

한반도를 제패하는 것까지는 나름 괜찮은 한 수였다. 그렇지만 그 이후가 문제였다.

고립주의 탓에 외부와의 교류도 거의 없고, 사유재산을 인정하지 않는 사회주의의 특성상 인민이 스스로 분발하는 것도 기대할 수 없는 탓이었다.

갑작스러운 통일 이후 최고 지도자의 권력을 견고하게 쌓느라 경제 발전을 뒤로 미룬 탓도 컸다. 주변 강대국을 의식해 군사 분야에 공화국의 모든 역량을 투입했기 때문이다.

'후계자란 것도 정신병자 같은 놈이니, 인민의 운명이 어떻게 흘러갈지…….'

모든 것이 깜깜했다.

그나마 최고 지도자는 인민을 위해 노력이라도 하고 있지만, 후계자인 김윤일은 달랐다.

김윤일은 마음속에 광포하기 그지없는 광기를 감추고 있었다. 인민을 위해 살아야 할 자가 인민을 단지 자신의 야망을 위한 도구로만 여기고 있으니, 조국의 앞날은 그야말로 백척간두였다.

통일 이후 새로운 조국을 건설한다는 희망은 언젠가부터 사라졌다.

남은 것은 광기에 물든 어리석은 후계자와 아무 의심 없이 그를 따르는 어리석은 추종자들뿐이었다. 그들이 있는 한 기대할 것이 아무것도 없었다.

'그놈이 최고 지도자가 되면 숙청이라는 이름 아래 많은 사람들이 희생될 것이다. 그놈이 저지를 짓거리를 막으려면 앞으로도 미친 짓을 해야겠지.'

사실 최고 지도자의 건강이 그다지 좋지 않은 편이다. 언제 죽어도 이상하지 않을 만큼 나쁜 상황이다.

그러니 최고 지도자의 명줄을 계속 잡고 있어야 한다. 미치광

이가 나설 기회를 사전에 막아야만 한다.

'이번 연구에 성과가 있는 만큼 최소한 5년은 최고 지도자의 죽음을 막을 수 있을 것이다. 그 안에 놈을 처리할 방법을 마련해야 하는데……'

인간 이하의 짓을 저지르며 최고 지도자의 수명을 늘릴 방법을 찾아냈다.

문제는 시간이 많지 않다는 것이다.

악마 같은 성정을 지닌 후계자가 발톱을 드러내기 전까지 그를 처리할 방법을 마련해야 했다.

'군부에서 몇몇이 힘을 합치기로 했지만, 그들 가지고는 턱도 없다. 언제부터 시작했는지는 몰라도 이미 그놈이 군 수뇌부 대부분을 장악한 상태니……'

그는 군 내에서 손을 잡을 자들을 물색하다가 화들짝 놀랐다.

후계자와 손을 잡은 자들이 어느새 군부를 대부분 장악하고 있었기 때문이다.

'지금으로서는 최고 지도자의 수명을 최대한 늘리는 수밖에 방법이 없다. 그놈의 실체를 최고 지도자가 조금이라도 안다면 다른 방법을 마련할 수도 있을 텐데 아쉽군. 최고 지도자 앞에서는 천하에 다시없을 효자니 말이야.'

최고 지도자의 현장 지도를 밀착 수행하며 입안의 혀처럼 구는 후계자다. 실체를 알려주는 것은 어렵지 않겠지만, 믿으려 하지 않을 것이다. 자신의 권력을 단단하게 해주는 것뿐만 아니라 뒤를 이를 후계자이기 때문에 믿을 가능성이 거의 없었다.

　'최고 지도자가 후계자의 진정한 실체를 직접 볼 수 있게 만들어야 한다. 그러려면 기회를 잘 봐야 한다. 최고 지도자의 수명이 얼마 남지 않았다고 여기는 그놈의 생각을 뒤집으면 어떻게든지 방법이 생길지도 모르니까. 하지만 지금은 섣불리 움직일 수 없는 상황이다. 놈에게 그들이 붙은 이상 섣부른 움직임은 일만 망칠 뿐이니까. 후우, 일단 가닥을 정했으니 방법은 차차 생각해 보기로 하자. 내일 치료가 끝나면 상황이 조금은 바뀌어 있을 테니까.'

　유령처럼 존재해 비세라 일컬어지는 흑운이 후계자에게 붙었다. 매영과 더불어 공화국의 숨겨진 무력을 대표하는 집단이니 자신에게도 감시가 붙어 있을 것이 빤했다. 놀란 뱀이 자칫 다리를 물 수도 있으니, 직접 움직일 수가 없는 상황이다. 아직은 기회를 보는 수밖에 없었다.

　'후우, 그놈 생각 하느라 좋은 시간을 허비했군. 일단 낚시에 집중하자.'

　생각을 이어가던 박명호는 잡념을 지우고 찌를 지켜봤다.

　"오늘은 입질이 시원치 않군."

　대동강에는 잡는 이가 거의 없어 물고기가 많은 편인데도 찌가 움직일 기미를 보이지 않았다. 강물도 잠잠하고 수온도 적당한데, 이상한 일이 아닐 수 없었다.

　"어디!"

미끼가 떨어진 것 같아 새로 갈아 끼우려고 낚싯대를 잡는 순간, 찌가 쑥 내려갔다.

"으찻!"

티—잉!

낚싯대가 팽팽하게 당겨졌다.

낚싯대를 잡아채자 팽팽한 긴장감이 낚싯줄을 타고 전해졌다. 부르르 떨리는 낚싯대의 느낌에 기분이 좋았다.

조력이 30년 가까이 되는데도 힘에 겨웠다. 쉽게 끌려오지 않는 것이, 상당한 힘이었다.

"하하하! 월척이구나."

대물을 낚았다는 생각에 희열에 찬 웃음을 보이며 박명호는 천천히 낚싯대를 움직였다.

"뭐지?"

힘을 조금 쓰는가 싶었는데 어느새 낚싯대가 긴장감을 잃었다. 살아 있는 무언가가 걸린 것이 아니었다.

"이런! 허탕이군."

나무가 걸렸나 싶어 낚싯대를 당기는 순간, 수면 위로 떠오르는 거무튀튀한 모습이 보였다.

'사람이다.'

낚싯대에 걸려 올라온 것은 나무가 아니었다. 불빛이 없기는 하지만, 밝은 달빛에 나타난 모습은 사람이 분명했다.

'빠져 죽은 사람인가?'

물에 빠져 자살을 시도한 시체가 능라도 강변에 나타난 적이 있기에 박명호는 인상을 찌푸렸다.

그나마 공화국에서 살기가 괜찮다는 평양에서도 자살하는 이가 있다는 사실에 마음이 아팠기 때문이다.

박명호는 천천히 낚싯대를 잡아끌었다.

오랫동안 물속에 있던 시체라 퉁퉁 불어 있을 터였다. 바늘이 어디에 걸려 있는지 모르지만, 잘못 잡아당겼다가는 살이 떨어져 놓칠 수도 있기에 무척이나 조심스러웠다.

"이런!"

강변까지 끌려 올라온 시체의 모습을 본 박명호가 놀라서 외쳤다.

"이런 어린애라니, 자살이 아닌 모양이로군."

앳되어 보이는 어린 소년이었다. 빠져 죽은 지 얼마 되지 않은 듯 물에 불어 있지도 않았다. 강변에서 놀다가 잘못해서 물에 빠져 죽은 것 같았다.

"부모들이 찾고 있을 테니, 연락을 해야겠구나."

자식을 잃어버리고 미친 듯이 찾고 있을 부모들 생각에 박명호는 호위총국에 연락하기로 했다.

"아니… 어째서?"

소년의 모습을 자세히 살펴보려던 박명호는 다시 한 번 놀라야 했다. 소년이 입고 있는 옷에서 익숙한 표시를 발견한 탓이었다.

연구를 위해 가끔 연구소로 들어오던 실험체들과 같은 복장이고, 가슴에 매달려 있는 표식도 같았다.

'수용소에 있어야 할 아이가 어떻게 이곳에……'

실험체를 조달하는 곳은 평양에서 200㎞나 멀리 떨어진 곳에 있었다. 수용소에 있던 소년이 이곳에 있을 만한 이유가 없었다.

'연구소에 있는 실험체 중에서 탈출한 이가 있다는 소리는 듣지 못했는데……'

실험체가 탈출했다면 자신에게 즉각적으로 보고가 올라왔을 터다. 박명호는 어려 보이는 사체의 양쪽 소매를 걷었다.

'실험을 한 흔적은 없다. 그렇다면 정말 그곳에서 왔다는 이야기인데… 도대체 어떻게 된 일이지?'

분명히 수용소에서 입는 복장이다.

이런 복장이면 눈에 띄지 않을 리 없었다. 평양을 경계하는 자들에게 발각된다면 곧바로 체포되었을 테니, 이런 복장을 하고 어린 소년이 그곳에서 평양까지 혼자서 올 수는 없었다.

'어쩌면……'

박명호는 치료에 앞서 마지막 반응을 검사하기 위해 새 실험체를 요구한 사실이 떠올랐다. 이송해 오는 도중에 탈출하다가 물에 빠져 죽었을 가능성이 높았다.

'연구소로 오는 도중에 탈출하다가 강물에 빠진 모양이로군. 탈출하지 않았다면 살 수도 있었을 텐데……'

이미 자신의 연구는 완성되었다. 마지막 반응 검사는 만약을 위한 확인에 불과했기에 죽을 염려가 전혀 없었다.

오히려 기회가 많아졌을지도 모른다. 최고 지도자를 위한 맞춤 모델이 될 수도 있기 때문이었다.

"불쌍한 아이로군. 양지바른 곳에 묻어줘야겠구나."

호위총국에 알린다면 장례 절차도 없이 소각을 당할 것이기에 박명호는 소년을 땅에 묻기로 했다.

"컥!"

그때, 땅을 팔 만한 도구를 찾으려고 일어서던 박명호는 물을 뿜어내며 숨을 토하는 아이의 모습을 볼 수 있었다.

"설마… 살아 있다는 말인가?"

방금 전에 신체를 살피며 심장이 멈췄다는 것을 확인했다. 갑자기 살아난 소년을 보며 화들짝 놀란 박명호는 황급히 다가서며 바이탈 사인을 살폈다.

'조금 전까지 완전히 죽은 시체였는데, 바이탈 사인이 모두 정상이다. 어떻게 이런 일이……'

기적이 아닐 수 없었다. 몸이 붓지는 않았지만 상당한 기간 물속에 있던 흔적이 역력했다. 거기다가 숨은 물론이고, 심장도 완전히 멈춰져 있었다.

뇌사자가 다시 살아난 것보다 더 기적 같은 일이었다.

'한이 많았던 모양이구나. 넌 내가 살리도록 하마.'

박명호는 소년을 살리기로 했다. 그것이 그간 실험을 하면서 자신이 지은 죄를 씻을 수 있는 일인 것만 같았다.

낚싯대를 걷을 사이도 없이 소년을 들쳐 업었다. 흘러내린 물이 몸을 적시는 것도 생각하지 못하고 차로 곧바로 가 트렁크에 실었다.

"이런!"

자신이 이곳에 나온 것은 비밀이었다. 낚싯대를 그냥 두고 간다면 문제가 될 수도 있었다. 박명호는 곧바로 소년을 건졌던 곳으로 달려가 낚싯대를 회수한 후 차로 돌아왔다.

'최고 지도자를 모시러 가느라 호위총국 병사들이 얼마 없는 것이 다행이다. 그렇지 않았다면 이 아이를 살리는 것은 어려웠을지도 모른다.'

자신에게 발견된 것이 천운이라는 생각이 들었다.

그렇지 않았다면 이대로 물에 빠져 죽었을 것이고, 살아난다고 해도 다시 잡혀 죽임을 당했을지도 모르는 상황이었다.

차를 몰고 곧바로 능라도 경기장으로 향한 박명호는 운동장 벽면 중 한쪽으로 간 후 리모컨을 눌렀다.

스르르르!

그러자 벽이 갈라지며 아래로 내려가는 통로가 나타났다.

차를 몰고 곧바로 진입한 박명호는 지하로 내려가 한참을 달리다가 차를 멈춰 세웠다. 지하 통로 끝 쪽에 바리게이트와 함께 초소가 있기 때문이었다.

박명호가 창문을 열고 혼자 있는 초소장을 바라보았다.

"벌써 돌아오십니까?"

"오늘은 입질이 시원치 않아 일찍 돌아왔네. 보시다시피 물에 빠져 젖기도 했고."

"물에 빠지신 겁니까?"

"그렇다네. 발을 헛디뎌 물에 빠져 버렸네. 자네가 편의를 봐줬는데 한 마리도 잡지 못하고 이런 꼴로 말이야. 불빛도 없는데 낚시를 하려던 내가 미쳤지."

"후후, 다음에 기회가 되겠지요. 추우시겠습니다. 어서 안으로 들어가십시오."

너무 놀라 늦가을이라는 것도 잊었다. 초소장의 말을 들으니 추위가 몰려왔다.

"엣취! 이런, 감기가 들려는 모양이군."

"어서 들어가십시오. 중요한 실험이 있다고 하지 않으셨습니까, 박사님."

"고맙네. 오늘 비록 월척은 낚지 못했지만, 신세 진 것은 보답하겠네."

"아닙니다. 소장님 덕분에 제 딸이 목숨을 건졌는데요. 어서 들어가십시오. 이러다가 진짜 감기가 들겠습니다."

"알았네."

초소장이 서둘러 바리게이트를 올렸다. 박명호는 초소장의 경례를 받으며 통로 안쪽으로 차를 몰았다.

'수용소에서 보낸 실험체가 도착했다면 아직은 연구소로 들

어가지 않았을 것이다. 그렇다면 지금은 그곳에 있겠군. 내가
아직 인수를 받지 않았으니 말이야.'

박명호는 실험체를 임시로 가두어놓고 있는 곳으로 갔다. 인
수 시간이 남아 있기에 차량째로 있을 것이 분명했다.

'운이 좋구나. 내일 있을 시술이 아니라면 그놈들이 지키고
있을 시간인데 말이야.'

예상한 대로였다. 지하 주차장에는 커다란 상자처럼 생긴 화
물 공간을 뒤에 달고 있는 트럭이 세워져 있었다. 트럭으로 다
가가자 출입구가 두 곳으로 나누어져 있는 상자의 모습이 선명
하게 보였다.

'저곳은 비어 있겠군.'

이번 반응 실험에는 성인 남자들만 요청했기에 여자들을 가
두어놓는 곳은 비어 있을 터였다. 박명호는 차 위로 올라가 주
머니에서 열쇠를 꺼낸 후, 여자들을 가두는 곳의 문을 열었다.

'다행이다.'

짐작한 대로 아무도 없었다.

사람이 없다는 것을 확인한 박명호는 트렁크에 실린 어린 소
년을 꺼내 업은 후 상자 안으로 옮겼다.

우선 옷을 모두 벗겨내고 후 침상에 눕혔다.

특별히 만들어진 상자 안에는 바이탈을 측정하는 의료 기구
들이 들어 있었기에 소년의 몸에 부착시켜 후 모니터를 보며 신
호를 확인했다.

'다행이다.'

체온이 조금 떨어진 것을 제외하고는 다행히 바이탈 사인이 정상이었다.

'체온만 조금 높이면 된다.'

실험체의 건강이 최우선이기에 난방장치까지 부착되어 있는 곳이라 실내의 기온을 올리는 것은 그다지 어렵지 않았다.

'심장박동을 조금 높이자.'

난방장치를 켠 박명호는 응급 처치함을 뒤져 주사기를 찾아 낸 뒤, 소년의 팔뚝에 놓으려 했다.

뚝!

팔뚝 위에 불거진 혈관으로 밀어 넣으려던 바늘이 힘없이 부러졌다.

'이런, 급한데……'

박명호는 급하게 다른 바늘을 찾아 다시 한 번 주사를 놓으려 했다.

뚝!

이번에도 마찬가지로 바늘이 부러졌다.

'바늘이 전혀 들어가지 않다니, 정말 특이한 신체다.'

박명호는 자신이 구한 소년이 특별한 신체의 소유자라는 사실을 깨달았다.

'혹시나 이 아이가 내가 원하던 신체를 가진 건가?'

신중히 주사를 놓으려 했기에 날카로운 바늘이 피부를 뚫지 못하고 구부러지다 이내 부러지고 마는 모습을 똑똑하게 볼 수 있었다.

지금까지 연구해 왔던 것을 모두 실험해 볼 수 있는 신체가 있으리라고는 생각하지 못했는데, 바로 지금 발견한 것 같아 가슴이 뛰었다.

'지금은 확인해 볼 때가 아니다. 시간이 급한 상황이니 나중에 알아보도록 하자. 일단 연구소로 옮기고 난 뒤에 나중에 내가 본 것이 맞는지 확인을 해보면 될 거다.'

감지 장치를 붙이는 손길이 빨라졌다.

소년을 구하기 전까지 침울해 있던 것이 거짓말인 것처럼 가슴이 쿵쾅거렸다. 불가능하다고 생각해 포기했던 연구를 시작할 수 있는 단초를 찾았기 때문이다.

이번에 끝낸 연구는 자신이 하고자 완성하려 했던 것의 기초 단계에 지나지 않았다.

이 정도의 신체를 가지고 있다면 최소한 두 번째 단계의 연구를 진행할 수 있었다. 박명호는 침대에 있는 끈을 이용해 소년을 단단히 고정시켰다.

'정신을 차리려면 아직 먼 것 같으니 곤란한 상황이 벌어질 일은 없겠군.'

중간에 정신을 차려 이상한 소리라도 하게 되면 곤란한 상황이 벌어진다. 아직 정신을 차리지 못하는 것을 보니 한동안 깨어나지는 못할 것 같았다.

'이 정도면 됐으니 자리를 벗어나자.'

실험체의 인수 시간이 다가오기에 어서 자리를 떠야 했다.

박명호는 빠르게 밖으로 나온 후, 실험체를 가두었던 상자를 닫고는 차를 몰아 다른 출입구로 이동했다.

자신의 연구실로 들어갈 수 있는 출입구에 당도한 박명호는 차를 주차장에 놓고 빠른 걸음으로 걸어가 입구에 섰다.

삐! 삐! 삐! 삐!

삐—이이!

덜컹!

출입구 옆에 붙은 화면 위로 네 자리의 비밀번호를 누른 후, 지문 인식을 끝내자 문이 열렸다.

재빠르게 안으로 들어선 박명호는 서둘러 엘리베이터를 타고 지하로 내려가는 버튼을 눌렀다.

'급하다.'

고속 엘리베이터인데도 평상시보다 늦게 가는 것 같아 마음이 초조했다.

띵!

맑은 신호음과 함께 문이 열렸다. 박명호는 서둘러 자신의 연구실을 향해 뛰듯이 움직였다.

탁!

스르르르르!

지문 인식을 끝내자 연구실 문이 열렸다. 박명호는 주위를 둘러보며 안으로 들어갔다.

"헉! 헉! 헉!"

뛰듯이 이동한 탓에 숨이 차올랐다.

'나도 이제는 나이를 먹었군.'

책상으로 가서 의자에 앉았다. 간신히 숨을 돌릴 수 있었지만, 쉬고 있을 수만은 없었다.

'빨리 되돌려야 한다.'

연구소 내부의 CCTV를 정상으로 작동시켜야 했기에 박명호는 콘솔 박스를 열고 재빨리 스위치를 올렸다.

"휴우!"

제시간에 끝냈다는 사실에 한숨이 저절로 나왔다.

'모두 끝났군. 문제는 없을 것이다.'

최고 지도자의 호위 문제로 호위총국 병사들이 대부분 자리를 비웠다. 그렇지 않았다면 이렇게 과감하게 행동하지 못했을 것이다. 움직이는 순간 발각이 되었을 것이기 때문이다.

'이제는 기다리면 되는 건가.'

자신이 바깥으로 나갔다가 온 것을 아는 이는 오직 한 명뿐이다. 초소장은 자신에게 생명의 빛을 졌기에 절대 비밀을 발설하지 않을 것이다. 비밀을 발설했다가는 자신은 물론이고, 딸까지희생된다는 것을 잘 알고 있기 때문이다.

'문제가 있다면 벌써 그놈들이 나를 찾아왔겠지. 그런 면에서는 철두철미한 놈들이니까.'

자신의 동선이 노출되었다면 호위총국의 장교들이 벌써 자신을 찾아왔을 것이다. 아직까지 그런 낌새는 없기에 다행스러운 일이었다.

'그 아이를 내가 발견한 것이나, 오늘 같은 상황은 좀처럼 발생하기 어려운 일이다. 그런 면에서 오늘 일은 정말 천운이군.'

내일 있을 시술 때문에 호위총국의 요원들은 관저에서부터 경호 상황을 점검하는 중이다.

갑자기 시술이 결정된 터라 비상 상황이었고, 상당히 많은 부분을 아무도 모르게 점검해야 하는 터였다.

인원이 부족한 상황이라 대부분의 요원들이 자리를 비웠기에 낚시를 할 만한 시간을 낼 수 있었다.

자신이 얻은 시간이 그리 길지 않았음에도 어린 생명 하나를 살릴 수 있었기에 박명호는 가슴이 뿌듯했다.

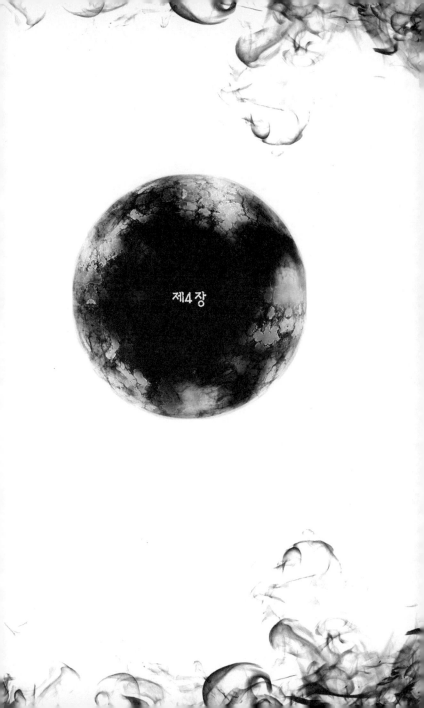

제4장

삐익!

잠시 쉬고 있던 박명호는 갑작스럽게 울린 신호에 감았던 눈을 떴다.

인터폰에 불이 들어와 있었고, 자신을 호출하는 신호음이 울렸다.

'경호 점검이 거의 끝나가나 보군. 조금만 늦었어도 큰일이 날 뻔했구나.'

경호 점검의 마지막 장소가 연구소인 만큼 점검 인원 중에서 제일 먼저 연구소에 도착했을 장교의 연락일 것이다.

아마도 실험체를 인수하라는 연락일 터였다.

"무슨 일인가?"

박명호는 천천히 수화기를 들고 담담하게 말했다.

― 실험체들이 도착했습니다.

"알았네. 올라가도록 하지."

대답을 한 박명호는 수화기를 내려놓고 자리에서 일어났다.

'이상을 발견하지는 못한 모양이구나.'

인수인계를 맡은 호위총국의 장교는 꽤 까다로운 자다. 아마
도 자신이 자리를 비운 시간 동안 녹화된 화면을 살펴봤을 것이
다.

낚시하러 가기 위해 감시 장치도 모두 꺼두었다.

빈 시간 동안은 미리 녹화한 분량이 보이도록 해두었고, 다시
돌아온 후에는 정상으로 되돌렸다. 녹화된 것을 봐도 이상을 발
견할 수는 없었을 것이다.

'이런, 내가 긴장을 했나 보군.'

자리에서 일어나려는데 몸이 축축한 것이 느껴졌다. 긴장을
많이 한 탓에 아이를 옮기느라 젖은 것을 미처 느끼지 못한 것
이다.

'놈들에게 들킬 수는 없지.'

박명호는 옷장으로 가서 옷을 벗어 구석에 처박은 후 걸려 있
는 연구복을 꺼내 입었다.

'이 정도면 놈도 모를 것이다. 다른 것은 없나?'

다른 실수가 있는지 생각을 해봐도 문제가 될 만한 것은 없

었다.

'이로써 위험은 모두 지나갔구나. 후후후, 아무래도 너는 나와 인연이 있었나 보구나.'

자신과 강에서 건져 낸 소년의 남다른 인연을 상기하며 박명호는 자신의 사무실에서 나와 지상으로 올라가는 엘리베이터를 탔다.

띵!

빠르게 지상으로 올라온 후, 맑은 신호음과 함께 엘리베이터가 열렸다.

"어서 오십시오, 소장님."

기다리고 있다가 인사를 하는 자는 호위총국의 장교다. 지근 거리에서 호위총국의 장교가 자신을 따라붙고 있었다.

'도대체 무슨 사고였기에 아직까지 따라붙는 건지…….'

몇 달 전까지만 하더라도 실험체를 인수 받는 장소까지는 언제나 혼자 갔다. 이렇게 바뀐 것은 실험체를 조달하는 곳에서 사고가 난 뒤부터였다.

"실험체는?"

최고 지도자의 호위를 위해 사람의 기색을 살피는 일에 특화된 자라 말을 많이 섞으면 불리했기에 필요한 질문만 했다.

"이미 도착해 대기하고 있는 중입니다."

"열어보지는 않았겠지?"

박명호가 날카로운 목소리로 물었다.

"물론입니다. 저도 목이 하나밖에 없습니다."

최고 지도자를 위한 실험체들이다. 연구소장인 박명호 이외에는 아무도 사전에 접촉할 수 없다는 것을 잘 알고 있는 호위총국 장교가 너스레를 떨었다.

'열쇠도 없을 텐데, 너스레는. 어차피 열 수도 없었을 텐데 말이야.'

상자를 열 수 있는 열쇠는 특수하게 제작된 것이다. 보통 열쇠처럼 보이지만, 안에는 전자 인식 장치가 되어 있었다.

상자 안에 실험체를 넣고 닫은 후에는 오직 박명호만 사용할 수 있게 만들어져 있기에 다른 사람은 결코 열 수 없었다.

"상자를 옮길 운반기는 준비가 됐나?"

"이미 이동시킬 준비는 모두 끝냈습니다."

"그럼 가도록 하지."

"따라오십시오."

장교가 앞장을 서 움직였고, 박명호는 인수인계가 이루어지는 장소까지 그의 뒤를 따라갔다.

'다행히 외부 검사도 하지 않은 모양이군.'

커다란 화물 엘리베이터 앞에는 운반기에 실린 철제 상자가 있었다. 다행히 문을 열려고 했던 흔적은 없었다.

삐! 삐! 삐! 삐!

박명호는 아무 말 없이 화물 엘리베이터 옆에 달린 버튼을 눌러 암호를 입력했다.

잠시 뒤, 화면 옆에 달린 구멍에서 푸른색의 빛이 흘러나왔다. 박명호는 자신의 손등을 가져다 대 정맥 패턴을 인식시켰다.

옆에 서 있던 장교는 날카로운 눈으로 그런 박명호를 지켜보았다.

찰칵!

지이이잉!

잠금장치가 열리고 엘리베이터 문이 천천히 입을 벌리기 시작했다.

"하하하, 고생하시겠군요, 소장님."

웃고 있지만 장교의 눈은 아직도 날카롭게 빛나고 있었다. 최고 지도자를 치료하는 곳으로 향하는 경로 중 실험체를 이동시키는 이 라인이 최고로 보안에 취약한 곳임을 아는 까닭이다.

"쓸데없는 소리는 말게. 이 모두가 최고 지도자 동지를 위한 일일세."

"알고 있습니다."

삑!

타박을 한 박명호는 장교의 눈길을 받으며 운반기를 작동시켰다.

덜컹!

운반기가 미끄러지듯 엘리베이터 안으로 움직였다.

"자네는 안 내리나?"

상자가 다 옮겨지자 박명호는 장교를 바라보며 말했다. 네 역할은 여기까지라는 뜻이었다.

"죄송합니다, 박사님."

엘리베이터 안까지 따라 온 장교는 고개를 숙여 보이고는 곧바로 밖으로 나갔다.

지이이잉!

엘리베이터의 문이 천천히 닫혔다. 호위총국의 장교는 완전히 닫힐 때까지 상자와 박명호에게서 눈길을 떼지 않았다.

'후우, 언제 봐도 살벌한 눈빛이야. 이제부터는 몸짓 하나하나 조심을 해야 한다.'

인수인계를 맡은 장교는 호위총국에서도 악랄하기로 유명한 자였다. 언제나 맨 앞에 서서 나서는 자로, 최고 지도자에게 위해가 될 만한 것이 있으면 거침없이 제거해 온 자이기도 했다.

'이자가 온 것을 보면 최고 지도자의 관저로 갔던 호위총국의 인원들 대다수가 돌아온 것이 분명하다. 지금부터는 최대한 조심해야 한다.'

그들은 관저에서 연구소로 오는 동선을 체크하고 마지막으로 연구소를 확인하고 있을 것이다.

성질이 급한 자이니 도착하자마자 수하들로 하여금 연구소를 점검하게 했을 것이고, 자신은 맡은 임무 때문에 이곳에 왔을 것이 분명했다.

'호위총국의 눈을 피하는 것도 중요하지만, 후계자의 손길이 닿은 놈들의 눈을 더 조심해야 한다. 꼬투리가 잡히면 절대 시술을 하지 못하게 할 테니까. 특히나 입안의 혀처럼 구는 자들은 경계를 해야 한다. 그 사이에 제5열이 숨어 있을 가능성이 제일 높으니까.'

지금은 매사에 조심을 해야 했다.

특히나 후계자가 들여 보냈을지도 모를 제5열의 눈에 무언가 이상하다는 것이 띄어서는 정말 곤란했다.

눈앞에 있는 자는 최고 지도자를 자신의 생명보다도 우선하는 이였다. 제일 먼저 의심해야 할 자인 것이다.

'혹시 모르니 이곳에서 진행되던 나머지 연구도 종료하자. 앞으로는 그쪽을 통해 움직이는 것이 나을 것이다.'

시술을 한 이후에도 문제가 많았다. 후계자를 따르는 제5열이 자신의 일거수일투족을 감시할 것이기 때문이다.

'지금은 준비가 끝났겠군. 이 안에 있는 두 사람이 그곳에서 최초로 살아 나오는 실험체가 되겠군.'

마지막 반응을 실험하기 위해 불러들인 실험체이기에 갈 곳은 정해져 있었다. 언제나 최종 테스트가 진행되는 곳으로, 일명 관이라 불리는 곳이다. 그곳은 지하 맨 마지막 층에 있었다.

띵!

마지막 연구 실험실이 있는 지하 12층까지 내려간 박명호는 엘리베이터가 열리자 운반기를 이용해 상자를 옮겼다.

마지막 실험실까지는 총 3단계 보안장치가 설치되어 있다.

보안장치마다 두꺼운 철문이 가로막혀 있고, 보다 세밀한 보안 절차를 거쳐야 했다.

박명호 또한 예외 없이 지문 인식과 정맥 인식, 홍채 인식까지 3단계의 보안 절차를 거쳐야 했다.

위이잉! 탁!

실험실의 문을 연 박명호는 운반기를 이용해 조심스럽게 상자를 안으로 옮겼다. 실험실 중앙에 상자를 위치시킨 후, 벽면에 있는 곳으로 가서 스위치를 켰다.

지이잉!

기계음과 함께 천장 사방의 모서리에서 스테인리스 재질로 보이는 기계 팔이 움직이며 상자의 네 모서리를 잡았다.

철컥!

잠금장치가 풀리며 상자의 뚜껑이 들렸다. 상자의 뚜껑에는 안쪽을 반으로 나누는 격벽이 매달려 있었다.

스르르르.

상자가 열린 것과 동시에 천장도 열리기 시작했다. 들어 올려진 상자 뚜껑은 위로 사라졌고, 양쪽으로 밀려났던 천장이 어느새 제자리를 찾고 있었다.

스르르르!

뒤를 이어 상자의 네 벽이 서서히 아래로 내려오며 상자 안의 전경이 드러났다. 반으로 나뉘어 상자 안에 들어 있던 침상 두 개에는 사람이 누워 있었다. 수용소에서부터 옮겨진 실험체와 박명호가 대동강에서 건져 온 소년이었다.

　바이탈 사인을 체크하는 기계들에서 나온 줄들이 다닥다닥
붙은 모습이 무척이나 기괴했다.

　<u>스르르르!</u>

　사방 벽면에 달린 CCTV들이 움직이며 중심부를 감시하기
시작했다.

　세계를 건너오며 어느 순간 정신을 잃었다.

　'아마도 그때였지. 하지만 어떻게 그럴 수가 있는 거지?'

　분명 옷자락에 좌표를 남겼다. 그런데 돌아온 후 좌표가 남겨
져 있는 곳은 옷자락이 아니었다.

　'상당히 시간이 지난 후인 것은 분명하다. 정신을 차린 후에
느껴지던 감각이 그랬으니까. 시간이 한참 흐른 후에 건져진 것
을 보면 내 신체가 이동하지 않고 계속해서 지하 수로를 떠돌고
있었다는 뜻인데…….'

　지하 수로를 벗어난 것은 다행이지만, 이해가 가지 않는 부분
이 너무 많았다.

　다른 세계에서 넘어온 나와 지하 수로에 남겨져 있던 내 몸이
합쳐지며 머릿속을 환하게 만드는 빛이 느껴진 후, 정신을 잃어
버렸다.

분명히 옷자락을 좌표로 삼았었다. 그런데 지구에서 나를 반긴 좌표 지점은 바로 내 신체였다. 내 신체가 게이트를 넘지 않았다는 반증이다.

'으음, 설마… 내 의지만 넘어갔다 온 것인가? 아니면 그쪽 세계로 넘어가며 새로운 육체가 만들어진 것인가?'

의문이 아닐 수 없다.

분명 다른 세계로 넘어갔다 다시 돌아왔는데 내 육체가 이동한 것은 아닌 것 같으니 말이다.

'스승님께 들은 상황과 다른 것을 보면 내단 때문인 것 같기는 한데 말이야.'

녹령으로 인해 생겨난 내단 때문에 벌어진 현상인 것 같다. 나와 스승님이 다른 부분이라고는 그것밖에 없으니 말이다.

'어떤 놈인지 계속해서 살펴야 할 것 같구나.'

녹령에 대해서 아직 내가 알지 못하는 부분이 많은 것 같다.

'그나저나 큰일이군. 완전히 동결되어 버린 것처럼 몸이 움직이지를 않으니 말이야.'

정신을 차렸을 때는 의식만 있었다.

심장이 멈춰졌지만, 다행스럽게도 피부호흡이 되고 있었다. 혈맥을 따라 피가 흐르지는 않지만, 피부호흡을 통해 산소가 공급되었다.

덕분에 각 장기와 뇌에 산소가 직접 공급이 되어 생존하는 데는 큰 문제가 없었다.

문제는 다른 데 있었다.

　피와 결합한 뒤에 혈맥을 따라 흐르던 녹령이 하나도 남김없이 사라지고 없던 것이다. 무엇보다도 단전과 심장에 똬리를 튼 내단이 꽁꽁 얼어버린 것처럼 반응조차 하지 않았다.

　더군다나 내 육체조차 내 마음대로 움직일 수가 없는 상황이다.

　'갑갑하군.'

　피부호흡 때문에 숨이 차지는 않지만, 움직일 수가 없기에 답답했다.

　조급해할 때가 아니다.

　시간이 흐르면 변화가 있을 것이다. 지금부터는 이곳이 어디인지 알아봐야 할 것 같다. 심상치 않아 보이니 말이다.

　의식을 차린 것은 지하 수로를 벗어난 직후였다.

　물속을 떠내려오다가 뭔가에 걸려서 끌어올려졌을 때는 바깥으로 나왔다는 것을 느낄 수 있었다.

　나를 끌어올린 사내는 내 몸을 이리저리 살폈다.

　처음에는 심장이 멈춘 상태에다가 입으로 숨을 쉬지 않기에 죽은 줄 알았나 보다.

　나를 묻는다는 소리에 놀라 자극을 받았는지 심장이 급격히 움직이기 시작했다. 뒤이어 기어이 숨이 터졌고, 사내는 나를 곧바로 옮겼다.

　심장이 다시 뛰고 숨이 돌아왔지만, 아직도 몸을 움직일 수가 없기에 그저 가만히 있을 수밖에 없었다.

그는 나를 응급실 비슷한 곳으로 데려가 주사를 놓으려고 했다. 무슨 의도인지 몰라 긴장을 했는데, 아무래도 내가 사람을 잘 만난 것 같다. 내가 위험하다고 여겨 살리려 했던 것이 분명하니 말이다.

그렇게 사내가 떠나고 난 뒤 응급실 같은 곳에 홀로 있었다.

'하지만 다음이 문제였지. 한참을 그곳에 있다가 이동해 온 곳이 여기였으니까 말이야. 도대체 이곳은 뭐하는 곳인지 모르겠으니…….'

이곳까지 내려오는 동안 나는 의문투성이였다. 삼엄한 경계와 스승님과 아저씨들에게 말로만 듣던 보안장치까지, 이렇게 비밀스러운 실험실로 오게 될 줄은 정말 몰랐다.

'정신을 차려야 한다. 게이트까지 얻었는데…….'

위험한 상황이다. 천운이 닿아 최고의 기회를 얻었는데, 이대로 있을 수는 없다.

아무것도 할 수 없는 상태이기는 하지만 내 감각은 상상을 초월한다. 게이트에 있을 때와는 비교조차 할 수 없지만, 적어도 주변 상황을 파악하는 것은 어렵지 않을 것이다.

눈을 뜨지 않아도 감각만으로 보는 것처럼 3미터 반경의 이미지가 전해진다. 침대 끝 쪽에서 뭔가를 오물거리고 있는 작은 바퀴벌레의 움직이는 소리까지도 들릴 정도였다.

지이이이잉!

주변에 귀를 기울이기 무섭게 누군가가 들어오고 있다.

"마지막 반응 실험을 시작합니다. 지금까지 아흔아홉 차례 실험의 최종 결과물입니다."

나를 구해주었던 아저씨다. 내 옆에 있는 사람과 나를 두고 실험을 하는 모양이다.

'내가 실험체라니, 큰일이로군. 몸이 움직이지 않는데 말이야. 설마 죽이지는 않겠지…….'

아저씨가 나를 살리려고 했던 상황을 기억하며 애써 마음을 가라앉혔다.

아저씨가 총처럼 생긴 것을 들고 올라온다. 중간에 녹색의 액체가 담긴 앰플이 끼어 있는 것을 봐서는 아무래도 주사를 놓기 위한 도구 같다.

먼저 옆에 있는 사람에게로 가더니 팔뚝에 총 같은 것을 대고 방아쇠를 당겼다.

푸쉬!!

바람이 빠지는 것 같은 소리와 함께 앰플에 들어 있던 녹색의 액체가 빠르게 사라진다.

삐! 삐! 삐! 삐!

녹색의 액체가 옆에 누워 있는 사람의 몸속에 들어간 탓인지 신호기에서 발생하는 소리가 요란하다.

"다음은 2번 실험체입니다. 향후 최고 지도자 동지의 상태를 관리하기 위해 쓰일 예정입니다. 생체 활성화 단계가 표시될 것입니다."

으드득.

'지금 하고 있는 실험이 최고 지도자 그 새끼를 위한 일이었구나.'

이곳이 최고 지도자라는 그 쓰레기를 위한 실험실이었다니, 이가 갈린다.

찰칵!

나를 구했던 아저씨가 새로운 앰플을 갈아 끼운다. 이대로 그놈을 위한 도구로 이용되다니, 미치겠다.

아저씨가 곁으로 다가오더니 팔뚝에 총같이 생긴 주사기를 가져다 댄다. 무척이나 차가운 느낌이다.

'뭐지?'

나를 바라보는 눈빛에 안타까운 걱정이 스며 있다. 실험을 망칠까 봐 불안한 것이 결코 아니었다.

'아무래도 나 때문에 불안해하는 것이 틀림없다. 아까 바늘들이 부러진 것 때문인가? 으음, 아무래도 실험을 도와주는 것이 좋겠다. 아까 나를 살리려 했던 것을 보면 위험하지는 않을 것 같으니.'

주사를 놓으려 했을 때는 내 의도와는 달리 몸 자체에서 방어기제가 작동했다.

녹색의 기운이 피부 근처에 형성되더니, 바늘이 들어오지 못하게 막아버린 것이다.

실험을 하는 모양새로 봐서는 내 신체를 활성화하기 위한 것 같으니, 지금 상태에서는 그냥 지켜보는 것도 좋을 것 같다.

　될지는 모르겠지만 이번에는 의식적으로 받아들여 보기로 했다.

　'돼야 할 텐데……．'

　의식을 집중해 내가 원하는 것을 자각하려 애를 썼다.

　푸쉬!!

　바람 빠지는 소리가 들린 후, 녹색의 액체가 몸 안으로 밀려들어온다. 의식적으로 반응하자 의도대로 된 것이다.

　'됐군. 다행이다.'

　내게 주사를 놓은 아저씨의 눈빛이 안도하는 것을 보면 내 생각이 맞은 모양이다.

　'생체 활성화라고 하더니, 정말 감각이 살아나는군.'

　차가운 액체가 혈맥을 따라 사방으로 퍼지는 것이 느껴진다. 거부하는 반응도 없고, 아픈 느낌도 없다.

　재미있는 것은 움직이지 못했던 내 몸에 점차 활력이 돈다는 것이다.

　'주사한 것이 영약 같은 건가?'

　녹색의 액체가 뭔지는 모르지만, 내게 나쁘지는 않은 것 같다.

　무엇보다 녹령과 수기가 합쳐져 만들어낸 내단들이 반응을 보이는 것은 상당히 고무적이다.

'내단들과 충돌하지 않아서 다행이다.'

아주 이상적인 반응을 보이고 있다. 딱히 수용하라고 의지를 보내지 않았는데도 꽁꽁 얼어붙어 있던 내단들이 스스로 움직이며 녹색의 액체들을 알아서 흡수하고 있으니 말이다.

'정말 좋은 것인가 보군. 생체에 이 정도 활력을 주는 것이 있다니… 잘하면 몸을 움직일 수도 있겠다.'

최고 지도자를 위해 준비한 것이라서 그런지, 효과가 아주 좋다. 마치 산삼을 수십 개 농축해 놓은 것 같은 약효다.

'움직일 기미를 보인다.'

빠르게 감각이 돌아오고 있는 중이다. 마치 통나무 같던 몸 상태였는데, 이제는 신경이 살아 움직이는 것이 느껴진다.

움직일 수도 있을 것 같지만, 시험을 해보지는 않았다. 혼자 있는 것 같아도 누군가에게 이곳 상황이 계속해서 보고되고 있는 것 같아서다.

'재미있군. 감각이 전보다 훨씬 넓어졌다.'

흥미 있는 것이 느껴진다. 살아난 신경들이 전보다 훨씬 예민해진 것 같다. 실험실 밖에서 희미하게 느껴지던 것들이 점점 선명해지니 말이다.

"장수 10호의 발현이 시작되고 있습니다."

아저씨의 말소리가 들려왔다.

'시작됐나 보군.'

아저씨가 한 말의 뜻을 알 것 같다. 내 몸이 지금 급격하게 변하고 있는 것이 느껴졌다.

"신경계의 활성도가 높아지고 있고, 생체 세포의 활력도 증가하고 있는 중입니다. 지금 생체 세포의 활력도는 30퍼센트, 32퍼센트, 37퍼센트, 42퍼센트……."

아저씨는 지켜보고 있는 누군가에게 알려주려는 듯 세포가 활력을 갖는 속도를 계속해서 보고했다.

아저씨의 말대로 그 속도가 빠르게 증가하는 중이었다.

'으음, 내 몸속에 주입한 것이 굉장한 것이었나 보군. 녹령이나 수기를 받아들였을 때만큼은 아니지만, 완전히 굳어버린 것을 풀어주는 것도 모자라 더욱 좋게 만들어주고 있으니 말이다. 도대체 무엇으로 만들어진 거지?'

걱정했던 것이 무색할 지경이다.

마치 동면을 한 곰이 깨어나듯 몸도 빠르게 활성화되며 점점 좋아지고 있다. 좋아지는 것만이 아니다.

신경계가 빠르게 가속 중이다. 주변의 모든 것이 그대로 느껴진다. 내 의지가 공간을 장악한 것 같다.

'전보다 훨씬 좋아졌다.'

녹령과 수기를 흡수하여 느껴지는 감각이 완전히 달라진 상태다. 보지 않아도 그저 생각만으로 주변의 상황을 파악할 수 있게 되었다.

하지만 완벽한 것은 아니었다. 주변의 상황이 느껴지기는 하지만, 약간은 희미해 확신을 얻기는 힘들었다.

그런데 주사를 맞고 달라졌다. 살아난 신경들이 마치 외부에 촉수가 달린 것처럼 주변의 모든 것을 실시간으로 전해주기 시작했다. 이전과는 달리 아주 선명하게 주변 상황이 느껴진다.

'마치 눈으로 보는 것처럼 나를 중심으로 사방은 물론이고, 위아래까지 파악이 가능하다니… 정말 끝내준다.'

나를 기점으로 사방으로 기운이 뻗어나가 모든 것을 파악한다. 전방과 시야각에 들어오는 정보만 인지할 수 있는 눈과는 아주 다른 감각이다.

'이 정도의 감각이라면 쓸데가 많을 것 같구나.'

앞으로 어떻게 해서든지 이곳을 벗어나야 한다. 살아남기 위해 계속해서 주변 상황을 살펴야 하니 꽤나 쓸모가 있는 능력이다.

더군다나 다른 세계와 연결된 상태라 다시 가봐야 하는데, 이런 차원의 감각이라면 많은 도움이 될 것 같다.

'어디…….'

의지를 가지고 감각을 확장해 봤다.

'역시나 들을 수도 있구나.'

벽을 넘어 형상을 인지하는 것이 가능하다면 소리를 듣는 것도 가능할까 싶어 감각을 확장해 보니, 말소리가 들린다.

실험을 준비 중인 연구원들의 대화를 통해서 내 처지가 그리 비관적이지 않음을 알 수 있었다.

'앞으로 최고 지도자를 위한 실험체로 쓰인다고 했으니 정체만 들키지 않으면 괜찮을 것 같다. 더군다나 나에 대해 별다른 의심도 없는 것 같으니, 당분간 이곳에 있어야겠다. 어차피 도망갈 수도 없는 상황이니 말이야.'

현재 내가 있는 실험실에는 한 사람만 있지만 돌아가고 있는 CCTV로 봐서는 지켜보고 있는 자들이 꽤 많은 것 같다.

내가 수용소에서 도망친 것을 알았다면 실험을 진행하지 않았을 테니, 일단 안전은 확보했다고 봐야 한다. 아직은 어디로 가야 할지도 모르겠고, 안전만 보장된다면 이곳에 있는 것이 나을 것 같다.

세상이 변한 후부터 능력자들이 활개치고 있는 상황이다. 북한은 그런 능력자들이 장악하고 있는 곳이다. 도주는 아직 생각할 때가 아니다.

'스승님과 아저씨들이 알려준 것들을 내 것으로 만들면서 기다린다면 기회가 생기겠지. 그나저나 어떻게 하지? 저 아저씨는 내가 수용소에서 왔다는 것을 아는 것 같던데 말이야.'

아저씨가 나를 강에서 건져 냈을 때, 내 옷차림을 보며 무척이나 놀라는 것 같았다. 내가 수용소에 있었다는 것을 알아본 것이 분명하다.

'분명히 물어볼 텐데, 강물에서 건져진 상황을 어떻게 설명하지?'

아무리 머리를 굴려봐도 강물 속에 어떻게 빠지게 됐는지 이유를 설명할 방법이 없다.

'수용소에 있었다는 것을 알면서도 나를 구해낸 것을 보면 빠져나갈 구멍이 있을지도 모른다. 다른 세계에 대한 것은 숨기고 나머지는 사실대로 말하는 것이 좋을 것 같다. 일단은 수용소에서 탈출하다가 폭포에 빠진 것으로 하자. 그리고 정신을 잃었는데 어떻게 된 것인지 모른다고도 하고. 하지만, 여전히 보통 아저씨가 아닌 것 같은데……'

어떻게 될 것도 같기는 하지만 여전히 문제가 많다.

첫 번째는 누워 있는 아저씨가 나에 대해 알고 있다는 것이고, 두 번째는 나를 구해준 아저씨가 내 몸 상태에 의심을 품고 있다는 것이다.

사실 옆에 누워 있는 아저씨는 수용소에서 몇 번 본 적이 있는 분이다. 최고 지도자와 많이 닮았다는 이유로 수용소에 있던 분들에게 괴롭힘을 당하던 아저씨니 기억에 선명하게 남아 있다.

'누워 있는 아저씨가 깨어나서 나를 알아보게 되면 내 정체에 대해 알려지는 것은 시간문제일 테지만, 그것도 염려할 것은 없다. 워낙 모습이 많이 변했으니 거의 알아보지 못할 것이다.'

무극지에서 수기를 얻은 탓에 전보다 엄청 많이 커졌다. 몸집도 굵어지고 얼굴 윤곽도 많이 변했으니 알아볼 가능성은 매우 낮다.

'저 아저씨는 됐고, 내 몸이 이상하다는 것은 어떻게 변명하지? 실험하는 것을 보면 나를 구해준 저 아저씨도 게이트나 능

력자들에 대해 잘 아는 것 같은데 말이야.'

내 몸이 이상하다는 것을 느낀 것은 분명하다. 최고 지도자에게 시술하기 전에 실시한 사전 실험에서 내 몸이 보인 반응을 보고 불안해했으니 말이다.

최고 지도자를 위한 실험을 하는 것을 보면 의학에 상당한 지식을 가지고 있는 것이 분명하니 섣부른 변명은 하지 않는 것만 못하다. 이곳으로 오기 전에 나를 치료하려고 주사를 놓으려 했을 때, 두꺼운 바늘이 부러져 버렸으니 변명할 여지조차 없기도 하다.

더군다나 능력자들과 게이트에 대해 알고 있는 것 같으니, 뭔가 그럴듯한 말을 해주어야 한다.

'젠장, 변명할 거리가 마땅치가 않구나.'

녹령이나 수기에 대해서 말하기는 곤란하다. 내게 있는 히든카드니 말이다. 하지만 말을 하지 않으면 의심을 지울 수 없으니 고심이 되지 않을 수가 없다.

'조금 더 생각해 보자. 이제는 거의 다 끝나가는 것 같으니 그냥 정신을 잃은 척하고 궁리하다 보면 답이 나올 것이다.'

중계하듯 내 상태에 대해 말하던 아저씨의 목소리가 어느 순간 잦아들고 있었다. 녹색 액체가 몸에 미치는 영향이 거의 끝나가는 모양인 것 같다.

"발현이 모두 끝났습니다."

— 수치는 어떻게 되나?

늙수그레한 목소리가 스피커를 타고 흘러나온다.

"마지막 발현 지수로 살펴봤을 때 신경계는 85퍼센트가 활성화되었고, 생체 세포의 활력 지수는 84퍼센트에서 마감했습니다. 예상보다 높은 수치가 나온 것으로 봐서는 성공적인 실험입니다."

— 본 실험을 진행한다면 결과는 어떨 것 같소, 박 소장?

"최고 지도자 동지의 신경계와 생체 세포를 기준으로 만들어졌기에 최대치를 기록할 것 같습니다."

— 그러면 전에 박 소장이 말했던 시간만큼은 버틸 수 있다는 것이오?

"장담은 하지 못합니다만, 최소 5년에서 최대 15년 사이일 것으로 보입니다."

— 최소 5년이라… 최대 시간까지 버티려면 박 소장의 도움이 필요하겠군.

"영광입니다, 최고 지도자 동지! 맡겨만 주시다면 최선을 다하겠습니다."

— 그런데 박 소장…….

"말씀 하십시오."

— 산삼에 깃든 자연지기를 더 얻을 수는 없는 것이오?

아쉬움이 담긴 말이 스피커폰을 통해 흘러나온다. 뭔가 미련이 많은 모양이다.

"죄송하지만 더 농축한다고 해서 효과가 있는 것이 아닙니다. 더 농축했다가는 오히려 과도한 약효로 인해 위험해지실 수 있습니다."

— 위험해지다니 무슨 말이오?

스피커에서 긴장한 목소리가 흘러나왔다.

"자연지기라고는 하지만 지기와 현기를 과도하게 농축할 경우 신체의 균형을 깨트리게 됩니다."

— 균형을 깨트린다면…….

스피커에서 들려오는 목소리가 흐려진다. 실망한 것 같은 느낌이다.

"팔십삼 차 실험에서 농도를 높여 보았는데, 참담한 결과를 얻었습니다."

— 그럼 전에 보고하지 않았던 것이 균형을 깨트리는 현상 때문이었소?

"최고 지도자 동지께서 실망을 하실까 봐 말씀을 드릴 수 없었습니다."

— 그렇게 말을 하는 것을 보니 박 소장도 무척이나 실망했나 보오.

"그렇습니다. 그래도 실험체는 살아남을 줄 알았는데, 육체가 균형을 잃고 그만 붕괴되어 버렸습니다. 한 줌 핏물로 변해 버리는 순간, 정말 미치는 줄 알았습니다."

— 으음, 목표가 바로 눈앞이었으니 그럴 만도 했겠소.

"예, 실망을 하기는 했지만 얻는 것도 많았습니다. 전 그 실험에서 과한 것은 덜한 것보다 못하다는 것을 깨달았습니다. 덕분에 투입량에 대한 적정선을 확보할 수 있었습니다, 최고 지도자 동지."

잠시 침묵이 흐르더니 욕심을 접은 것 같은 목소리가 스피커를 통해 흘러나왔다.

— 그럼 이 정도가 최선이라는 뜻인 것 같은데, 앞으로 어떻게 할 생각이오?

"지금의 수준도 나쁘지 않은 편이니, 조금 더 연구에 매진하겠습니다. 최고 지도자 동지의 상태를 간접적으로 살펴볼 수 있는 실험체를 얻었으니, 좀 더 성과가 있을 것이라고 봅니다."

— 박 소장이 그리 말하니 아주 기쁘오. 그동안 수고했소. 박소장의 노력에 경의를 표하오.

"감사합니다, 지도자 동지."

— 그럼 내일 보도록 하겠소.

"편히 쉬십시오."

실험실 안에는 보는 사람도 없는데 박명호는 스피커를 향해 허리를 깊게 숙여 보였다.

"실험을 종료한다. 모든 기록 장치는 끄도록!"

사방의 벽에서 튀어나왔던 CCTV들이 다시 들어갔다. 잠시 지켜보던 박명호는 카메라가 들어간 벽이 닫히자 움직이기 시작했다. 실험대 위에서 내려서서 벽면으로 다가가 붙어 있는 작은 패널을 열더니 뭔가를 조작했다.

틱! 틱!

스위치가 내려가는 소리가 들리자 벽 내부에 설치되어 있는 배관 속 전선을 따라 흐르던 전류가 사라지는 것이 느껴진다.

'전력을 차단시키는 모양이구나.'

동력원을 차단하는 것을 보면 지금부터 실험실 안에서 일어나는 일들을 외부에 알리고 싶지 않은 것이 분명하다.

'어째서 이러는지 모르겠지만, 일단 지켜봐야 할 것 같다.'

전력을 차단시킨 아저씨가 실험대 위로 다가왔다. 이유가 있을 것이기에 가만히 있었다.

'왜지?'

머리를 쓰다듬는 손길이 느껴진다. 안쓰러움이 가득 담긴 눈빛이다.

"정말 수고했다. 다행스럽게도 무사히 넘어간 것 같구나. 빨리 기운을 차리고 깨어나야 한다. 물어볼 것도 많지만, 너를 살리기 위해서라도 말이다."

내 귀에만 들릴 정도로 조용하게 말하는 음성이 약간 떨리는 것으로 봐서는 많이 긴장한 것 같다.

'나를 살리려고 하는 것을 보면 이 아저씨도 뭔가 비밀을 가지고 있는 것 같구나.'

내게 좋은 의도를 가지고 있는 것 같아 다행이다.

'자연지기를 이용한 약물을 만들어낸 것을 보면 변명을 댈 방법이 생길 것도 같구나.'

스피커를 통해 나누는 대화에서 내가 어떻게 이곳까지 올 수 있었는지에 대해서 변명할 힌트를 얻었다.

'물같이 시원한 감각이 몸속을 휘도는 것을 느끼고 난 뒤 뭔가가 나를 감쌌고, 이내 정신을 잃었다고 한다면 믿어줄지도 모른다. 지기와 현기라는 것을 이용해 뭔가를 개발했다면, 수기라는 것도 이해할지 모르니까 말이야.'

수용소에서 탈출해 폭포에 빠졌을 때, 이상한 기운이 내 몸속으로 들어왔다고 한다면 믿어줄지도 모른다.

실제로 폭포수 아래서 수기를 얻은 후에 빠져나오다가 정신을 잃어버렸으니 말이다.

'게이트를 넘어갔다가 오면서 시간이 얼마나 지났는지는 모르겠지만, 깨어나 보니 이곳이었다고 하면 된다. 정신을 잃은 후에는 무슨 일이 있었는지 아무것도 모르겠다고 한다면 충분히 가능한 시나리오다.'

일반인이라면 믿어지지 않는 변명거리겠지만, 자연지기를 다루는 이곳에서만큼은 통할 것이라는 생각이 든다. 수기를 얻은 것도 사실이고, 정신을 잃은 후 어떤 경로로 이곳까지 왔는지 실제로 모르니까 말이다.

'대부분은 사실이고, 거짓은 거의 없으니 티가 나지는 않을 것이다.'

이런 말도 안 되는 결정을 한 것은 이유가 있다. 내 몸속을 흐르고 있는 액체에 담겨 있는 기운이 지기와 현기가 함유된 자연지기라는 말이 사실이기 때문이다.

주사를 맞고 신경이 살아날 때는 그저 좋은 것이라고만 생각했다. 그러다가 대화를 나누는 아저씨의 말을 듣는 순간, 정체를 깨달을 수 있었다.

녹색의 액체에 담긴 것은 분명히 자연지기다. 현기라는 것은 아직 정체가 모호하기는 하지만, 지기는 확실하다. 내가 찾아야 하는 지기를 농축해 놓은 것이었다.

'후후후, 이런 곳에서 지기를 얻다니, 정말 운이 좋았다.'

스승님의 진전을 얻은 후, 자연지기를 얻을 수 있는 방법이 없을 것이라고 여겼다. 그런데 뜻밖의 곳에서 수기와 지기를 얻게 되다니, 행운인 것만 같다.

'그럼 이제 화기와 목기, 금기만 얻으면 되는 것인가? 내가 가진 것들을 제대로 사용하기 위해서는 반드시 얻어야 한다고 몇 번이고 당부하셨지.'

스승님은 피부호흡을 완성한 후, 자연에 담긴 다섯 가지 기운을 얻어야 한다고 했다.

얻어야 할 다섯 가지 기운은 바로 오행지기라고 불리는 자연지기였다. 스승님의 당부를 들을 때는 내심 뜬금없는 소리라고 생각했다. 옛날이야기 책에 나오는 도사들이나 다루는 기운을 얻으라니 말이다.

그런데 실제로 오행지기가 있었다. 수용소를 탈출한 덕분에 두 가지를 얻었다.

폭포 밑바닥에서, 그리고 지하 수로를 지나며 오행의 기운 중 하나인 수기를 얻었다. 수기에 비할 바는 아니지만, 상당한 크기의 지기도 얻었다. 수기와 지기를 얻은 상태니 나머지 기운만 얻으면 된다.

'후우, 그렇게 하늘을 원망했는데 수기와 게이트를 얻고 이번에는 지기까지… 후후후, 그동안 없던 행운이 한꺼번에 찾아온 건가?'

스승님은 오행지기를 수련한다는 것 자체가 고행을 자초하는 것이라고 했다.

세상이 변한 후, 게이트가 연결되며 자연의 기운이 변했다고 한다. 변질된 기운들로 인해 순수한 오행의 기운을 느끼기가 어려운 탓에 얻는 것이 무척이나 어렵기 때문이라고 말이다.

그런데 나는 단순히 느끼는 것도 아니고, 아주 쉽게 기운을 얻은 상태다. 오행을 구성하는 다섯 가지 기운 중에 수기와 지기를 이렇게 얻다니, 아무리 생각을 해봐도 천운이 아닐 수 없는 상황이다.

'그렇지만 아무리 생각을 해봐도 현기라는 것은 모르겠다. 분명 느껴지기는 하는데 양도 아주 적고, 기운도 공허한 것이 아주 희미하니까 말이야. 어쩌면 오행지기와는 전혀 다른 기운일 수도 있겠다.'

스승님은 세상을 구성하는 기운이 오행이라고 했다. 그런데 현기라는 것은 전혀 다른 느낌이다.

마치 동떨어진 것처럼 연관이 전혀 없어 별개의 기운으로 느껴진다. 화기와 목기, 그리고 금기라는 것은 대충 느낌이 가지만, 현기는 전혀 새로운 형태의 기운이다.

재미있는 것은 이 현기라는 것에 녹령이 반응하고 있다는 것이다. 양이 적어 아주 미미하기는 하지만, 반응이 있다는 것은 확실하다.

우연찮게 녹령이 가진 미지의 기운을 얻었다. 아니, 나와 융합을 해버린 터라 하나가 됐다고 볼 수 있는 상황이다. 현기라는 것이 녹령과 반응하고 있는 것을 보면 뭔가 서로 연관이 있는 것은 확실하다.

'오행지기와는 확실히 구별이 된다. 완전히 다른 기운이다. 도대체 어떤 것인지…….'

오행지기 이외에 다른 기운이 있다는 사실을 알게 됐지만, 지금으로서는 정체를 알 수 없는 상황이다. 내가 다룰 수 있을지도 아직은 미지수다.

'현기라는 것이 무엇인지 확실히 알기 전에는 함부로 사용할 수는 없을 것 같다.'

아직 현기가 뭔지 모르겠지만, 한 가지는 확실하다.

녹령처럼 내게 그다지 위험하지는 않다는 것이다. 그렇지만 정체를 확실히 모르니 지금은 그저 지켜보는 수밖에는 없을 것 같다.

'내가 확실히 알고 있는 것은 수기와 지기뿐이다. 확실히 사용법을 아는 것들이니 이것들에 집중하자. 처지가 처지니만큼 지금으로서는 스승님이 가르쳐 주신 방법대로 하는 것이 최선이다.'

현재 내 처지는 좋다고 볼 수 있는 상황이 아니었다.

신경이 살아나 감각이 몇 배로 확장됐지만, 내가 가지고 있는 힘이 대부분 봉인된 것 같기 때문이다.

이를 해결하기 위해서는 아무래도 스승께서 알려주신 것이 최선일 것 같다.

제5장

5

게이트를 나와 내 몸과 합쳐지면서 뭔가가 잘못됐는지, 감각
이 살아났음에도 녹령이 움직이지 않는다. 움직이는 것은 겨우
수기뿐이다.

그것도 내가 흡수한 것에 비해 조족지혈일 정도로 미미한 양
만 사용이 가능하다.

이곳에서 빠져나가는 것도 쉽지 않아 보인다. 엄청난 감시 체
제가 이루어지고 능력자로 보이는 자들이 곳곳에 포진해 있으
니 말이다.

이런 상태에서는 상황을 지켜보는 것이 최선이다.

제대로 힘을 쓰지 못하는 상태에서 내 정체가 알려지게 되면

감당할 수 없는 상황이 발생한다. 아마도 살아남을 수 없을 것이다.

'감각이 확장되지 않았다면 섣불리 움직였을 것이고, 그렇게 되었다면… 어휴!'

생각만 해도 끔찍했다. 호랑이 아가리인지도 모르고 움직일 뻔했으니 말이다.

'상황을 정확히 파악해야 한다.'

내가 느꼈던 것이 맞는지 다시 한 번 확인했다. 감각을 확장하자 숨어 있는 기운들이 느껴진다. 살갗이 따끔따끔할 정도로 숨어 있는 놈들의 기세가 무섭다.

'무시무시한 놈들이로군. 그러면 어디……'

주사를 맞고 내단들이 움직이며 지기를 흡수하기는 했지만, 녹령이 가진 힘은 제대로 운용이 되지 않았었다. 혹시 몰라 다시 시도를 해봤지만, 역시나 자신의 힘을 나눠 주지 않는다.

'이도저도 할 수 없는 상황이면 인내하고 기다리는 것이 최선이라고 첫째 아저씨가 말씀하셨지. 지금 상황으로 보면 내 정체가 밝혀지지 않아야 한다는 전제가 따라붙긴 해도 이곳보다 힘을 키우기에 더 좋은 곳은 없다.'

최고 지도자라는 놈을 위한 실험 도구로 쓰인 상태라 나에 대한 감시가 철저하게 이루어질 것이니 탈출은 포기했다. 수기를 일부나마 움직일 수 있지만, 그것 가지고는 언감생심이다.

'살아남을 수 있으려면 녹령 말고 다른 힘을 가져야 할 것 같

구나.'

원하는 만큼의 힘을 가지기 위해서는 스승님과 아저씨들이 알려주신 것을 내 것으로 만드는 것이 최선의 방법이었다.

수기와 지기를 얻었으니, 이제 무엇보다 오행지기의 나머지 기운을 얻는 것이 급선무다. 그래야만 스승님과 아저씨들께 배운 것들을 온전히 써먹을 수 있을 터였다.

'이렇게 된 것이 오히려 전화위복이 될 수도 있다.'

분명히 최고 지도자라는 놈을 위해 날 이용한다고 했다. 지옥 같은 세상의 심장부로 오기는 했지만, 예로부터 등잔 밑이 어두운 법이라고 했다.

뻐꾸기는 남의 둥지에 알을 낳아 새끼를 다른 새가 기르게 한다고도 했다.

'이미 두 가지를 얻었으니 나머지를 얻는 것도 쉬울 것이다. 목기와 금기, 화기는 상황만 허락하면 쉽게 접할 수 있는 것들이니까.'

목기와 금기는 지기와 연관이 깊다. 지기를 바탕으로 흐름에 주의하기만 한다면 확실히 찾을 수가 있다. 화기도 수기와 상극이니 곧바로 찾을 수 있다. 시간이 문제일 뿐이다.

'나머지 기운들도 얻어야 하고, 기다리다 보면 원수 놈의 목숨을 취할 수 있는 기회를 얻을 수도 있을 것 같으니 버텨봐야겠다.'

힘을 키울 수 있는 기회가 생긴 것이기에 걱정하지 않기로 했다. 걱정하다 보면 내게서 파탄이 드러날 테니 말이다.

무엇보다 흘러가는 사정을 생각해 보면 내 정체가 쉽게 밝혀
지지는 않을 것 같았다.

부우우웅!

이른 새벽, 세 대의 검은색 리무진을 비롯해 10여 대의 차량
이 평양 시내를 가로질렀다.

조선민주주의 인민공화국의 수장이라고 할 수 있는 최고 지
도자는 세 대의 리무진 중 한 곳에 타고 이동하는 중이었다. 만
일의 위험을 대비해 같은 종류의 차량이 동시에 움직이고 있는
것이다.

아직은 해가 뜨지 않은 이른 새벽이라 그런지 거리에는 인적
이 전혀 없지만, 살벌한 눈초리의 군인들은 간혹 보였다. 호위
총국에서 나온 병사들이었다.

저격의 위험 때문에 능라도를 향하는 도로도 완전히 통제되
어 있었다.

삼엄한 경계 가운데 신호는 뻥 뚫려 있고, 차량들은 거침없이
도로를 질주했다. 빠르게 질주하던 차량들은 어느새 전우동을
지나고 있었다.

잠시 후, 터널이 나오고 곧바로 다리로 진입했다. 능라도로

들어가는 교차로로 접어들면 곧바로 목적지가 나오기에 호위총국의 경호원들은 긴장을 늦추지 않았다.

똑같은 리무진 중 한 대의 차 안에 타고 있던 최고 지도자는 경호원들과는 달리 조용히 눈을 감고 있었다. 느긋한 표정과는 달리 최고 지도자 김일영은 마음이 급했다. 오늘 있을 치료의 결과가 자신의 미래를 좌우하기 때문이었다.

'시간을 얼마나 벌 수 있을지 모르겠군.'

요즘 들어 기력이 달리고 눈이 어두워진 것이 건강이 안 좋다는 게 느껴졌다. 당장 죽는다고 해도 이상하지 않을 정도로 건강 상태가 최악이다. 현지 지도도 긴급하고 중요한 것이 아니면 아들에게 맡겨야 할 정도로 상황이 좋지 않았다.

지금까지 자신을 지탱해 온 계획의 결과를 얻어야 했지만, 지금으로서는 시간이 전혀 없었다. 러시아 쪽의 일이 워낙 지지부진한 까닭이다.

'러시아연방의 군인으로 근무하던 시절 일본의 731부대에서 진행되었던 결과물들 중 상당수가 내 손에 의해 러시아로 전해졌고, 그 이후에도 공화국에서 대규모로 행해진 인체 실험 자료들이 건네졌는데 별다른 성과가 없다니. 망할 놈의 로스케 놈들!'

자료를 확보해 넘긴 덕분에 충성심을 인정받았고, 러시아의 계획 아래 공화국을 성립하고 최고 지도자도 될 수 있었다. 러시아연방과의 협력은 공화국이 성립되기 이전부터였으니 상당한 시간이다.

2차 세계대전 이후 독일과 일본이 패망하면서 극비 자료들이 여러 곳으로 흘러 들어갔다. 사냥한 먹이를 찢어 먹듯 갈기갈기 찢어서 말이다.

패전국의 성과물을 찢어 가지면서 러시아만큼 많은 것을 확보한 연합국은 없었다. 김일영이 아주 우연히 자신의 손에 들어온 것들도 러시아에 넘겼으니, 아마도 가장 많은 것을 가지고 있을 터였다.

러시아를 등에 업고 최고 지도자가 된 이후 오랜 시간 공화국을 통치하면서 러시아와는 긴밀한 협조를 해오고 있었다. 숙청된 정적들을 이용한 수많은 인체 실험을 통해 만들어진 결과물들도 건네주었다.

그리고 비밀 조직을 이용해 세상에서 천재라고 불리는 이들이 만들어낸 과학의 결집체들을 어떻게 해서든지 구해 러시아의 손에 쥐어주었다.

자신이 넘긴 것 중에는 당시에는 가치를 인정받지 못해 굳이 건네지 않아도 되는 것들도 있었다. 자신도 쓸모가 없을 것이라 판단하고 신뢰를 얻기 위해 카피도 하지 않고 보냈는데, 그것이 진짜였다.

'그때 그 자료들을 넘기는 것이 아니었는데…….'

허무하게도 성과가 없는 상황이다. 권력을 잡기 위한 지원 때문이라고는 하지만, 자료들을 너무 쉽게 넘긴 것 같아 아쉬왔다.

'지금은 구하고 싶어도 구할 수 없는 천금의 가치를 지닌 것들인데, 너무 아쉽군.'

후회해 봤자 소용이 없는 일이지만, 무척이나 아쉬웠다. 그때 건넨 자료들만 있었다면 독자적으로 연구가 가능할지도 모르기 때문이다.

'지난 일이니 후회를 해봤자 소용없는 일이고…….'

20여 년 전부터 조금씩 성과가 있다고 알려왔지만, 답답하기 그지없는 상황이다. 자신에게는 시간이 많지 않기 때문이다.

'자원과 실험체들을 얻기 위해 공화국을 내가 통치할 수 있도록 해놓고 지금까지 별다른 성과를 내지 못하는 것을 보면 그저 꿈으로 끝나는 일일지도 모른다. 하지만 어떻게 오른 자리인데 이렇게 끝낼 수는 없지. 아암! 이렇게 끝낼 수는…….'

자신의 권력에 도전하는 자들을 철저하게 숙청하며 지금의 자리에 올랐다. 그렇지만 아직 정점에 선 것은 아니다. 인간이 아닌 또 다른 존재가 되는 것이 최고 지도자라 불리는 자신의 바람이자 목표였다.

모스크바도 그렇지만, 자신도 결과물을 기다리는 중이다. 천년왕국을 만들 수 있는 바탕이 될 결과물을 말이다.

'박 소장 덕분에 그나마 시간을 벌기는 했지만, 러시아 쪽이 문제인데 어떻게 해야 할지…….'

일본이 패망하며 얻은 자료를 러시아 쪽에 전부 넘겨준 것은 아니었다. 얻은 자료들 중에서 특별했던 극비 자료는 넘기지 않았다. 어느 정도 권력을 견고하게 만든 후, 비밀리에 연구를 진행시켰다. 러시아 쪽이 지지부진한 것과는 달리 제법 성과가 나오고 있었다.

오늘도 그 결실을 얻기 위해 가는 중이다.

그렇지만 러시아 쪽은 아니다. 성과가 미진한 편이다. 자료들을 통해 의료 분야에서 상당한 성과를 올리고 있기는 하지만, 731부대가 진행한 궁극적인 목적에는 한 발자국도 나아가지 못하고 있었다.

'그거야 어차피 예상을 했던 일이고, 로스케 놈들이 독일에서 얻은 것들에 기대를 걸고 있는 중인데 이렇게 성과가 나오지 않으면……'

러시아에서 집중하고 있는 연구의 성과를 기대할 수밖에 없는 상황이지만, 그것도 여의치 않았다. 러시아가 독일에서 얻은 것들을 이용해 원하던 것을 얻어 내리라 생각했는데, 아무런 결과도 내지 못하고 있는 상황인 것이다.

'그래도 일부나마 해석이 되고 있다는 정보가 있었으니, 최대한 시간을 벌어야 한다. 아주 안전하게 말이야.'

러시아 쪽에서 연구하고 있는 것이 어느 정도 성과가 있는지에 대해 정보 역량을 집중하고 있다.

다행스럽게도 일부는 해석이 가능하고, 다른 부분에 있어서도 성과가 있다는 첩보가 입수되었다.

731부대의 연구 성과를 독점하면서부터 계획했던 일이 조금씩 어긋나고 있었는데, 다행이 아닐 수 없다.

'성과가 있더라도 일부만 얻는 것은 아무런 의미가 없다. 완벽한 것이 아니면 한낱 꿈에 지나지 않는 일이니까.'

결과가 나올 때까지는 어떻게든지 시간을 벌어야 했는데, 박 소장이 훌륭하게 해냈다. 자신에게 가장 필요한 시간을 벌어준 것이다.

'이번에 얻은 성과를 러시아 모르게 하면 좋겠지만, 안다고 하더라도 상관은 없다. 박 소장이 만들어낸 것이라면 충분히 협상 카드가 될 수 있을 테니까.'

박명호는 자신에게 시간만 벌어준 것이 아니었다. 이번에 만들어진 성과는 아주 유용하게 사용할 수 있는 패이기도 했다. 러시아에서 만들어낸 성과들이 완벽해지려면 박명호가 만든 것이 반드시 필요할 것이다.

'연구를 진척시킬 방법을 찾는 것이 좋겠군. 그자의 행방은 아직도 찾지 못한 건가?'

자신이 생각 없이 건넨 자료가 러시아에서 진행되는 연구에 중요하게 사용된다는 것을 알게 된 후 조치를 취했다. 머릿속으로 기억하고 있는 것들을 종이에 옮겨놓은 후, 해석할 수 있는 방법을 찾았다.

직속으로 있는 연구소에서는 아무도 해석을 할 수 없었기에 은밀히 사람을 수소문했다. 옮겨놓은 것 중 일부를 세상에 풀어 그것을 해석할 수 있는 이를 찾은 것이다.

자료에 적힌 것을 읽을 줄 아는 자를 알아냈다는 소식에 호위총국의 요원들을 급파했지만, 그자를 찾을 수 없었다. 찾아낸 자가 갑자기 사라져 버렸기 때문이다. 다른 곳도 아닌 공화국 내에서 일어난 일이라 호위총국에 비상이 걸렸다. 많은 사람들이 동원되었지만 끝내 찾지 못했다.

'어느 정도 단서를 확보했으니, 이번에는 반드시 그자를 찾아낼 것이다.'

호위총국이 해석할 수 있는 자를 잡기 위해 움직였을 때, 내부에서 누군가가 한발 앞서간 정황이 포착되었다. 내부에 자신의 꿈을 방해하는 세력이 있음이 분명했다. 숨어 있는 제5열을 잡는다면 찾고자 하는 자가 어디에 있는지 알 수 있을 것이다.

"지도자 동지, 다 왔습니다."

수행원이 도착을 알리자 김일영은 상념에서 깨어났다.

'드디어 시작이군.'

웅장해 보이는 5 · 1경기장의 모습이 가슴을 뜨겁게 했다.

"들어가도록 하지."

"예."

최고 지도자의 지시에 차량들이 빠르게 경기장이 있는 곳으로 향했다. 호위총국의 병사들이 몇 번의 점검으로 주변을 소개한 결과, 경기장 주변에는 아무런 인적도 없었다.

부우우웅!

경기장 근처에 다다른 차량들이 외벽 입구를 향해 달리기 시작했다. 얼마 전에 박명호가 이용했던, 경기장 외벽에 만들어진 지하 출입구는 이미 열려 있었다.

부웅!

부우웅!

차량들이 빠른 속도로 지하 통로에 진입했다.

탁!

차량이 진입한 후 출입문이 굳게 닫혔다. 최고 지도자가 비밀 연구소에 들어선 순간부터 5·1 경기장 주변이 철통처럼 변했다. 어디서 나타난 것인지 연대급의 병력이 경기장 주변을 에워싼 후, 삼엄한 눈초리로 주변을 경계하기 시작했다.

타타타타타!

공중에서는 헬리콥터가 나타나 주변을 날아다니며 대동강 주위를 확인했다.

부우우우웅!

사방이 막혀서인지 차량에서 나는 소음이 울려 퍼졌다. 통로를 따라 10분 정도 아래쪽으로 달리자 거대한 지하 공동이 나왔고, 차량들이 속도를 천천히 줄였다.

주차장으로도 쓰이기도 하지만 사방으로 나 있는 또 다른 통로의 교차로 역할을 하고 있는 곳이었다.

서행하는 차량들은 우측 통로를 향해 다가갔다.

우르르르릉!

차량들이 멈춘 직후, 통로를 막고 있던 거대한 철문이 큰 소리를 내며 옆으로 밀려났다.

부우웅!

통로가 열리자 차량들이 속도를 내며 이동했다.

서너 시간 정도는 훌쩍 지난 것 같다.

그사이 나는 실험실에서 회복실로 옮겨졌다. 앰플에 담긴 녹색의 액체를 혈맥으로 주사하는 간단한 실험이라 결과마저 빠르게 나타나니 판단하는 데 그리 시간이 오래 걸리지 않은 것 같다.

우르르르릉!

갑자기 진동음이 크게 울린다. 아주 미미하지만 장수 10호인가로 인해 신경계가 가속되어서인지 확연하게 느껴진다.

지상 쪽인 것 같은데 움직이는 기척으로 봐서는 상당히 많은 자들이 안으로 들어온 것 같다.

주변을 감도는 삼엄한 분위기와 경직되어 있는 간호사들을 보면 아무래도 오늘 그놈에 대한 치료가 있는 것 같다.

— *연구소에 있는 모든 인원들은 현재 상태에서 대기 바란다. 다시 한 번 반복한다. 연구소에 있는 모든 인원들은 현재 있는 곳에서 이동하지 말고 대기 바란다. 이상!*

회복실에도 스피커가 울린다.

'아직은 새벽인데, 일찍 시작하려는 모양이군.'

이동을 제한하는 방송이 나온 것을 보면 그놈이 도착한 것이 분명하다.

'후우, 긴장하지 말자.'

부모님과 스승님을 죽음에 이르게 한 원흉이 도착한 것에 가슴이 떨리지만, 침착해야 한다.

모두가 예민해져 있는 시기다. 이 상황에서 내 바이탈 사인이 흔들린다면 문제될 것이 분명하니 최대한 마음을 가라앉혀야 한다.

미리 지시를 받은 듯 간호사가 부산하게 움직이며 회복실의 문을 걸어 잠갔다. 뿐만이 아니었다. 제법 큰 영상 카메라를 끌고 오더니 나와 내 옆 침대에 누운 아저씨를 비추었다.

'우리 둘의 상태를 보려고 하는 모양이로군.'

본격적으로 치료하기 직전까지 상태를 확인하려 하는 것을 보면 무척이나 신중한 모습이다.

— 장수 과업 요원들은 모두 제1대기실로! 장수 과업 요원들은 제일 대기실로! 이상!

다시 한 번 울리는 스피커 소리로 볼 때, 본격적인 치료가 시작되려는 모양이다. 치료할 준비가 시작되는 것을 느끼며 놈에게 집중했다. 놈의 주변에는 상당히 많은 인원들이 포진을 한 상태다.

'겁이 얼마나 많으면……'

안가나 다름없는 곳에서도 경호를 늦추지 않다니, 최고 지도자라면서 겁이 상당히 많은 모양이다.

'아니면 놈의 목숨을 노리는 자가 많거나.'

암살 위험 때문에 경호가 강화되었지만, 어찌 되었든 놈이 도착했으니 치료에 들어갈 것이다.

'이제 나이도 들을 만큼 든 놈이 욕심이 너무 많아. 수명을 연장시켜 가면서까지 권력이 탐이 나나?'

내게 주입된 장수 10호라는 액체의 효과로 볼 때, 놈의 수명은 늘어날 것이다. 지금까지 누릴 만큼 누렸으면서 억지로 수명을 연장시키려 하다니, 진짜 나쁜 놈이다.

'자동차 째로 움직일 모양이군.'

내가 지하로 내려왔던 화물 엘리베이터 안으로 차량이 진입하는 것이 느껴진다. 나머지 차량은 트럭이 대기하던 곳에 멈춰 서는 것으로 봐서는 호위들도 믿지 못하는 모양이다.

내가 탔을 때와는 다르게 엘리베이터가 아래로 천천히 내려오고 있다.

'저속으로 내려오는 것을 보면… 어디……'

정신을 집중하자 놈의 몸이 느껴졌다.

'차량이 통째로 움직이는 이유가 있었군.'

외부의 작은 충격에도 타격을 받을 정도로 몸이 허약했다. 당장 쓰러져도 이상하지 않을 정도로 차 안에 타고 있는 최고 지도자라는 놈의 건강 상태는 최악이었다.

엘리베이터가 멈추고 리무진이 밖으로 나왔다.

그러고는 뒤쪽 차문이 열리더니, 미모의 여경호원의 부축을 받으며 힘겨운 걸음으로 최고 지도자가 밖으로 나왔다.

애써 위엄을 세워보려고 하는 것 같지만, 몸을 떨고 있는 모습이 처량하기까지 하다.

"어서 오십시오."

"박 소장, 어서 가지."

나를 구했던 아저씨의 인사에 힘없는 목소리로 대답을 한 놈은 마음이 급한지 걸음을 재촉했다.

"이대로 이동하시기는 힘이 드실 테니, 일단 여기에 앉도록 하십시오."

"이동용 휠체어로군."

"그렇습니다. 최고 지도자 동지를 위해 준비한 것입니다."

"고맙네. 자네는 준비성이 너무 뛰어나."

"아닙니다."

여자 경호원이 앞으로 나서 놈이 휠체어에 타는 것을 도왔다.

스르르!

놈은 전동으로 움직이는 휠체어를 타고 이동했다. 자동으로 움직이는 것인지, 누가 조정을 하지 않는데도 알아서 잘 움직였다.

차량을 몰고 왔던 자와 여자 경호원은 그 자리에 남았다. 실험실로 이동하는 것은 아저씨와 단둘뿐이었다.

'거북이로군.'

건강 때문인지 두 사람은 아주 느린 속도도 움직이고 있었는데, 지켜보는 내가 답답할 정도였다. 천천히 이동을 하던 휠체어가 내가 있는 실험실 바로 옆에 멈췄다.

'으음, 옆에 있는 실험실에서 시술을 받을 모양이구나.'

신경계의 가속으로 눈으로 본 듯 주변 상황을 살필 수 있지만, 멀리 떨어질수록 감도가 떨어졌다.

놈의 몸이 변화하는 상태를 살펴보고 싶었는데, 잘된 일이다. 이 정도 거리면 놈이 치료 받는 과정을 확실하게 살필 수 있을 것 같다.

"이곳인가?"

"그렇습니다. 준비도 모두 끝났고, 마지막 생체 실험도 끝냈으니 이곳에서 안심하고 시술을 받으시면 됩니다."

"알았네. 들어가지."

"예, 최고 지도자 동지."

아저씨가 보안 장치를 풀고 문을 열었다.

시술 준비가 끝난 실험실로 놈이 들어갔다. 아저씨도 조심스럽게 뒤를 따라 안으로 들어갔다. 뒤이어 문이 닫히고 곧바로 시술이 시작되었다.

중앙에 마련된 침상에 아저씨의 도움을 받아 놈이 힘겹게 몸을 눕혔다. 우리에게 한 것과는 달리 놈의 심장과 머리 쪽에 신호기를 붙였다.

"최고 지도자 동지, 지금부터 시술에 들어가겠습니다. 마음을 편히 가지십시오."

"자네만 믿겠네."

당부하듯 아저씨의 손을 잡은 놈이 팔뚝을 내밀었다.

"약간 따끔거릴 겁니다."

"괜찮네."

푸쉬!

아저씨는 옆에 있던 권총형 주사기를 들고는 놈의 팔뚝에 녹색 액체, 즉 장수 10호를 주입했다.

"으음⋯⋯."

"신경계의 활성화도가 안정적으로 상승하고 있습니다. 생체 세포의 활력도 완만하게 증가하고 있는 중입니다."

"안심해도 되는 건가?"

"현재까지는 이상이 없습니다."

"그런데 생각했던 것보다는 속도가 느린 것 같군."

"최고 지도자 동지의 건강 상태가 생각보다 악화되어 무리를 주지 않는 선에서 진행 중입니다. 1차 시술이 끝나면 많이 회복하실 테니, 2차에서는 더욱 좋아지실 겁니다."

"알았네."

아저씨 말처럼 나와는 달리 신호기에 나오는 계측 신호가 완만하게 진행되고 있었다. 죽어도 시원치 않을 늙은이의 몸이 점차 회복하고 있었다.

삐이이!

바이탈 신호가 정상을 되찾자 신호음이 울렸다.

"다행히 1차 시술이 잘 끝났습니다."

"그런 것 같군. 몸에 활력이 도는 것 같으니 말이야. 하하하, 당장 일어나서 뛰어다녀도 될 것 같아."

목소리에 활력이 넘쳤다. 조금 전처럼 비실거리던 늙은이의 목소리가 아니었다.

"무리하시면 안 됩니다. 곧바로 2차 시술로 들어가겠습니다."

"하하하, 내가 언제 곧바로 뛰겠다고 그랬나. 어서 시술하게."

조금 전과는 달리 활기찬 목소리로 최고 지도자가 재촉했다.

"예, 최고 지도자 동지. 궁금하실 테니 주사를 한 후 신경계와 생체 세포의 지수를 말씀드리겠습니다."

"알았네."

푸쉬!!

이번에도 아저씨가 주사를 놓았다.

"반응도와 활력도가 정해진 대로 상승하고 있습니다. 30퍼센트, 35퍼센트, 40퍼센트, 45퍼센트……."

아주 가파르게 상승하고 있었다. 나와 내 옆에 누워 있는 아저씨에게 시술했을 때와는 속도 자체가 달랐다.

"오오오!"

"흥분을 가라앉히십시오."

"아, 알았네."

"65퍼센트, 70퍼센트, 75퍼센트… 100퍼센트. 휴우, 모두 끝났습니다."

"끄, 끝난 건가?"

시술이 끝났다는 소리를 듣더니 놈의 목소리가 떨린다. 이상 없이 원하는 결과를 얻어냈기 때문인 것 같다.

"무사히 시술을 마칠 수 있었습니다, 최고 지도자 동지. 모든 지수들이 안정적인 것을 보면 문제는 없을 것 같습니다. 하지만 사흘간은 쉬시면서 변한 신체에 적응을 하셔야 할 겁니다."

"고맙네, 박 소장. 내 자네가 원하는 것이라면 뭐든지 들어 주도록 하지."

"아닙니다. 이렇게 건강해지신 최고 지도자 동지를 뵙는 것 만으로도 저는 만족합니다."

"아니야. 당장 생각이 나지 않는다면 나중에라도 말하게. 내 반드시 들어줄 테니 말이야."

"고맙습니다. 그럼 이제 회복실로 가시지요."

"회복실로 말인가?"

"앞서 말씀을 드린 것처럼 아직 변한 몸에 적응하는 것이 힘 드실 겁니다. 그러니 마음 편하게 쉬면서 균형을 맞추십시오."

"알았네."

'좋겠군. 다 죽어가다가 이제 살 것 같을 테니까.'

이곳에 들어왔을 때 느낀 것이 거짓말인 것처럼 놈은 건강을 되찾았다. 심장의 박동 소리나 놈의 신체에서 나오는 파장이 통통 튀고 있다. 그만큼 기쁘다는 뜻이겠지만, 정상인 상황은 아니었다.

'이상이 생겨 돼지면 좋겠지만 그럴 리는 없을 것 같고, 사흘 뒤면 완전 정상이 되겠군.'

아저씨의 말대로 놈의 정신이 육체의 변화에 적응하지 못하고 있다는 신호가 신체 곳곳에서 흘러나온다. 이상 신호라는 것은 분명한데, 위험은 없는 것 같아 무척이나 아쉽다.

아저씨의 말대로 정신과 신체가 균형을 이루는 시간은 사흘 뒤가 될 것이다. 아주 천천히 균형을 맞춰가고 있으니 말이다.

'나도 놈과 같은 주사를 맞았으니 어떻게 변해가는지 지켜보기로 하자.'

최고 지도자라는 놈의 신체에 맞춰진 약일 것이다.

영약을 농축해 만든 것이니 어떻게 신체가 변해가는지 확인을 해야 한다. 변해가는 상황을 지켜보면 나에게도 도움이 될 것이다.

'다행이군. 멀리 떨어져 있으면 자세히 살펴보는 것이 힘들었을 텐데 말이야.'

시술실은 내가 있는 곳의 좌측이었고, 회복실은 바로 우측이었다. 다행히 지켜보는 것은 그리 어렵지 않을 것 같다.

1996. 10. 17. (목) 06:00.
대동강 인근.

비파동과 월향동을 잇는 등성이는 대동강을 일자로 조망할
수 있는 곳이다.

그 등성이 바로 밑에는 호위총국 소속의 경호원들이 비트를
파고 숨어 있었다. 최고 지도자의 행차가 있으면 능라도 방향을
감시하기 위해서 늘 자리 잡는 곳이었다.

비트 속에 있던 장교 하나가 교량 위를 건너는 차량들을 물끄
러미 바라보고 있었다.

상당히 먼 거리에서 꼬리를 물고 지하로 들어가는 차량을 조
심스럽게 바라보는 그의 시선에는 긴장감이 서려 있었다.

'들어갔군.'

워낙 거리가 멀어 차가 아주 조그맣게 보일 텐데도 장교의 눈
동자는 명확하게 차량들을 쫓았다. 잠시 뒤, 능라도 경기장으로
차량들이 들어갔다.

최고 지도자가 5·1 경기장 안으로 진입을 한 상태라 경호
임무에서 가장 위험했던 시간이 지났다.

'피곤하군.'

오늘은 여느 때와는 달리 경계의 정도가 심해 피로감이 몰려왔다. 보통 이동하는 한두 시간 전후로만 경계망을 펼쳤는데, 오늘은 하루 이상을 비트 속에 숨어 있어야 했다.

척!

장교는 비트에서 나와 손으로 수신호를 보냈다. 경계가 끝났음을 알리는 신호였다.

조용한 숲속에 소란이 일었다. 잠시 후면 교대 시간인 터라 비트를 파고 들어가 있는 호위 병력들의 움직임이 부산해진 탓이었다.

'한마디 해야겠지.'

곤두세웠던 신경이 가라앉자 경호 부대의 긴장감이 떨어지고 있었다. 완벽하게 역할을 수행하기 위해서는 한마디 할 필요가 있었다.

"조금 있으면 교대 시간이지만 주의를 게을리하지 마라. 최고 지도자 동지의 안위는 우리 손에 달렸다는 것을 명심하고!"

장교는 부하들에게 일상적이지 않은 주의를 주었다. 그만큼 이번 경호가 중요함을 알려준 것이다.

주변에 비트를 파고 은신해 있던 수하들의 기척이 빠르게 가라앉았다. 공화국이 자랑하는 최고의 엘리트 군인들답게 숲속은 이내 정적에 휩싸였다.

"오늘 고생했다. 나는 지금부터 인수인계 절차를 밟을 것이다. 교대조가 오면 곧바로 부대로 복귀한다. 하루 후 다시 경계가 시작되니, 허튼짓하지 말고 푹 쉬어두도록."

주의를 준 장교가 비트에서 조용히 일어나며 말했지만, 부대 수칙상 아무도 대답을 하는 이는 없었다. 장교의 주의로 긴장감이 높아진 탓이었다.

하지만 장교의 지적에도 불구하고 숲속에 감돌던 긴장된 분위기가 조금 풀어지는 것은 어쩔 수가 없었다. 지난 이틀간 비트 속에서 꼼짝도 하지 못하고 임무를 수행했는데, 조금 있으면 해방이 되기 때문이었다.

'어서 보고를 드려야겠군.'

부하들과는 달리 장교는 아직 할 일이 남아 있었다. 그는 빠르게 대동강과 반대편으로 걸었다.

'후우, 여전하군.'

먼저 등성이를 내려오던 장교의 눈에 희미하게 경기장의 커다란 지붕과 개선문이 보였다. 서서히 해가 뜨고 있어 내려올수록 점점 더 선명한 모습으로 다가왔다.

'이런, 교대 병력이 도착할 시간이군. 어서 내려가자.'

경기장에 있는 주차장에는 이미 교대 병력이 당도해 있을 터였다. 등성이를 따라 숲길을 내려오는 장교의 발걸음이 분주해졌다.

'피곤해 보이는군. 잠을 설쳤을 테니 그럴 만도 하지.'

예상대로 경기장 주차장에는 교대 병력이 도착해 있었다. 새벽같이 출동한 터라 차량에 타고 있는 병사들의 눈에는 다들 졸린 기운이 가득했다.

낮 시간의 호위 임무는 자신의 수하들 같은 특수 병력이 아닌, 일반 병력이 서게 된다. 군기나 훈련 정도를 따진다면 상대도 되지 않는 병력들이라 어쩔 수 없는 현상이다.

척!

교대 병력을 이끌고 온 장교가 붙이는 경례를 받았다.

"수고하셨습니다, 중좌 동지!"

"수고하네. 이른 아침인데 고생이 많군."

"아닙니다."

경례를 붙인 장교의 계급은 상위였다.

호위총국의 친위대에 속한데다가 세 계급이나 높은 장교의 말에 어쩔 줄을 몰라 했다.

"큰일이 끝나기는 했지만 만약의 경우를 모르니 경계를 소홀히 해서는 안 될 것이다."

"명심하고 있습니다."

"좋아. 하루 뒤에 교대하러 올 테니, 부탁하지."

"예, 중좌 동지."

척!

다시금 경례를 붙이는 상위의 경례를 받은 최호정은 그대로 류경 개선문 쪽으로 갔다.

개선문 옆 회전 로터리를 가로지른 최호정은 월향동 쪽으로 갔다. 혹시나 미행이 있을까 봐 상당한 주의를 기울이며 걸었다.

최호정은 미행이 없음을 확인하고 자신의 아파트로 들어갔다. 자신의 집이지만 오늘은 집사람과 아이들을 친정으로 보낸 터라 다른 이들이 자리를 잡고 있을 것이다.

엘리베이터가 없는 탓에 10층까지 걸어 올라간 최호정은 열쇠로 문을 따고 안으로 들어갔다.

거실로 들어가는 입구에 누군가 소음기가 달린 총을 들고 서 있었다. 총을 추스르는 윤창섭을 보며 최호정은 놀란 빛을 감추지 않았다.

"사람 좀 놀라게 하지 마시오."

"갑자기 문이 열려서 긴장을 했소. 어서 오시오, 최 동지."

"다들 오신 게요?"

긴장이 풀린 최호정은 작전에 참여할 이들에 대해 물었다.

"이번 작전에 동원된 이는 전부 왔소. 문 동지와 박 동지는 지금 침투할 곳을 맞춰보고 있는 중이오."

"들어갑시다."

현관에서 자신을 맞이한 윤창섭을 뒤로하고 최호정은 거실로 들어갔다. 거실에는 날렵해 보이는 두 명의 사내가 소파에 앉아 탁자 위에 놓인 지도를 보고 있었다. 문형식과 박인호였다.

"어서 오시오."

"반갑소."

두 사람의 인사에 최호정은 고개를 숙여 인사를 했다.

고개를 들던 최호정의 시선이 탁자 위에 놓여 있는 설계도로 향했다.

"동선을 맞춰보고 있는 중인 거요?"

침투할 공간에 대해 얼마나 숙지했는지 최호정이 궁금해 물었다.

"얼추 다 맞췄소. 교대 시각만 알려주면 침투로를 완성할 수 있을 것 같소."

자신의 질문에 답을 하는 문형식을 바라보며 최호정은 소파에 앉았다.

"별다른 이상이 없다면 교대하는 시간은 오늘 자정이 될 것 같소."

"경계 병력은 어떻게 됐소?"

최호정의 앞자리에 앉은 윤창섭이 물었다.

"예상한 것보다 10분 앞서 교대할 테니, 강변으로 진입하는 것은 문제가 없을 것이오."

"으음, 계획대로 잘된 것 같소. 그런데 침투 장비들은 어떻게 됐소?"

"진입 지점 근처의 비트에 가져다 놨소. 교대 후 비트까지 가서 장비를 착용하고 강을 건너려면 시간을 잘 맞춰야 할 거요. 내가 벌어줄 수 있는 시간은 기껏해야 이삼 분이니 말이오."

"알았소."

"침투로를 모두 머릿속에 집어넣고 한숨 자도록 하시오."

"가려는 거요?"

"지난밤의 경계 근무 결과를 보고해야 하니, 호위총국으로 가봐야 하오."

"그럼 지금이 동지를 보는 마지막이 될 것 같소. 조심하기 바라오, 최 동지!"

윤창섭이 얼굴을 굳히며 결의에 찬 눈빛으로 손을 내밀었다. 최호정이 맞잡으며 말하자 다른 이들도 손을 얹었다.

"동지들의 무운을 빌겠소."

"최 동지의 역할이 중요하오. 정말 조심해야 할 것이오."

"난 걱정하지 마시오. 죽음으로 가는 길인데, 같이 걷지 못해 미안하오."

최호정은 안타까움이 묻어나는 눈빛으로 세 사람의 눈을 하나하나 바라보았다.

"이미 조국을 위해 내놓은 목숨이오. 그자가 살아 있는 한 조국의 운명은 풍전등화와 같으니까 말이오. 달게 죽음을 향해 걸어갈 것이오."

윤창섭의 대답에 문형식과 박인호도 고개를 끄덕이며 결의에 찬 눈빛을 보였다.

"이만 가봐야 할 것 같소."

"잘 가시오, 최 동지."

"그럼 이만."

"내세에서 봅시다."

최호정은 말없이 세 사람에게 머리를 숙였다. 죽음으로 걸어 들어가는 이들을 위한 마지막 인사였다.

제6장

따로 마련된 회복실 안에 최고 지도자 놈이 옮겨지고 난 후,
내 신경은 온통 그곳으로 가 있는 중이다.

'확실히 이곳하고는 다르군.'

사람을 대하는 수준이 극과 극이었다. 이곳에는 달랑 침대 두
개와 생체 신호를 파악하기 위한 장비들만 있다면, 놈이 누워
있는 곳은 달랐다.

고풍스럽게 치장된 공간에 아늑해 보이는 침대와 각종 보조
장비들이 달린 최첨단 생체 신호 감지 시스템이 설치되어 있었
다.

내가 있는 곳은 간호원이 하나뿐인데, 놈이 있는 곳은 미모가

돋보이는 간호원 두 명과 아저씨가 전담으로 붙어 있는 중이다.

어차피 기대도 하지 않은 일이지만, 내가 신경 써야 할 곳은 다른 것이기에 잡생각을 지웠다.

'생체 신호와 정신이 일체화되는 과정이 필요하다고는 하지만 저렇게 해시는 시간이 꽤 걸릴 텐데…….'

나와 옆에 누워 있는 아저씨하고는 다르게 회복 과정이 상당히 더딘 편이다. 노령이라 진행 단계를 조절해야 할 테지만, 생각보다 너무 느렸다.

'너무 나이가 많아서 그런가, 아니면 우리와는 달리 다른 치료 과정이 또 있는 건가?'

나나 옆에 누워 있는 아저씨는 몸 상태로 보면 당장 일어나 뛰어다녀도 하등 이상이 없었다.

건강한 사람보다 신체가 활성화된 정도가 훨씬 높다.

아무리 신체 상태가 좋지 않고 나이가 들었다고는 하지만 치료 과정이 이렇게 느리게 진행이 될 만한 이유가 없었다.

'묘한 상황이다.'

완전한 치료는 가능할 것이라 보이는데, 시간을 끌려고 조절을 하는 것처럼 보였다.

'최고 지도자라는 놈을 이곳에 붙잡아놓으려고 그러는 건가?'

알 수 없는 뭔가가 있는 것이 확실해 보인다. 그 무언가는 최고 지도자 놈과 연관된 것이 분명하다.

'역시.'

최고 지도자 놈에게만 정신을 집중하지 않고 주변 상황도 파악하려 애쓰자 이상 징후가 보인다.

'누군가 놈을 노리고 있다.'

감각에 걸려드는 존재가 있었다.

호위총국의 호위 병력과는 다른 움직임을 보이는 자들이 느껴진다. 누군가 침투하고 있는 중인 것 같다.

'너무 수월하군.'

경호원과 경계 병력이 철통같이 보호되고 있음에도 그들은 아무런 제지도 없이 지하로 내려오고 있는 중이다. 내부에 돕고 있는 자가 있는 것이 분명하다.

'누군가 돕고 있다는 것은 분명하지만, 이곳까지 침투하는 것은 그리 쉽지 않은 일인데…….'

제지가 없는 것이 의아해 침입자가 침투하는 곳을 살펴보니, 일반적인 통로와는 다른 공간으로 진입한 후 움직이고 있었다.

'방향은 모두 두 곳이로군. 한쪽에는 두 명이, 다른 한쪽으로는 한 명이 움직이고 있다. 움직이는 것을 보면 이곳으로 들어오는 길을 확실히 알고 있는 것 같구나.'

이 공간을 설계할 때부터 비밀 통로가 마련된 것이 분명하다. 이곳을 맡고 있는 것이 그 아저씨라면 연관되어 있음이 분명하다.

'루트를 알고 있다고 해도 주변에 포진하고 있는 자들을 상

대하기는 어려울 텐데…….'

호위총국의 병력들도 알지 못하는 자들이 주변에 포진해 있다. 스승님과 아저씨들이 말한 그림자들이 틀림없다.

그들의 능력은 내가 감히 측량할 수 없을 정도로 높다. 아저씨들이 삼력을 짜내 느끼게 해주었던 것보다 훨씬 큰 위압감을 가진 존재들이니, 침입자들은 곧바로 저지당할 것이 분명하다.

'문제는 그 아저씨가 주변에 숨어 있는 존재들도 알고 있는 것 같다는 것인데 말이야.'

뭔가 다른 노림수가 있는 것이 분명하다. 자신을 희생해 뭔가를 꾸미는 고육지책 같은 것 말이다.

'도대체 무엇을 노리는 것이지?'

아저씨가 놈을 치료하는 것을 보면 억지로 하는 것 같지는 않다. 목숨을 연장시켜야 하는 이유가 있다는 뜻이다.

'놈보다 위험한 존재가 있기에 그렇게 한다고 가정을 하면 답이 나오는군. 놈이 죽으면 공화국의 권력을 이어받게 될 자가 문제겠군.'

스승님으로부터 광기를 가지고 있는 인물답지 않게 속을 감추는 것에 능하다는 평가를 받은 자가 생각났다.

공화국 최고 지도자의 후계자이자 실질적으로 모든 것을 거머쥐고 있는 그자가 목적인 고육계가 분명하다.

'후계자에 대한 놈의 신뢰를 무너트리기 위해서 이런 일을 벌이는 것이라면 이해가 된다. 놈이 권력을 장악하는 순간, 공화국의 인민은 진짜 아비규환의 지옥으로 떨어지는 것이라고 스승님께서 말씀을 하셨으니까. 그렇다면 일단은 지켜보는 것이 좋겠군. 상황이 어떻게 흘러가는지 말이야.'

기다려 보기로 했다. 당장 찢어 죽여도 시원치 않은 놈이지만, 세상 사람들을 위해서 참아야 한다면 기다릴 수 있었다.

'침입자가 있는 것을 눈치챘나 보군.'

주변을 감싸고 있는 인의 장막 중 일부가 움직였다. 침입자들이 이동하고 있는 루트를 막아서는 것을 보면, 확실히 인지를 한 모양이었다.

'매영이라고 했나? 최고 지도자라는 놈의 그림자……'

대륙을 호령하던 제국들도 치를 떨던 대고구려의 본맥을 수호하던 이들이 있었다.

이제는 사라진 존재들이지만 그 곁가지 중 하나가 놈의 곁에 붙었는데 이름이 매영이라고 했다.

삼한 시대 고구려를 수호하던 음자 집단이었던 매영에 비할 바는 아니지만 같은 이름을 쓰는 만큼 만만치 않은 전력을 보유하고 있다고 들었는데, 그 말이 맞는 것 같다.

들키지 않도록 은밀히 몸을 숨기고 순식간에 매복을 완성한 것을 보면 침투한 자들의 목숨은 이미 없는 것이라고 봐야 했다.

[이제부터 조심하시오.]

[알고 있소. 놈의 그림자가 포진해 있겠지만 내가 맡은 임무는 완수하고 죽을 테니 동지도 맡은 소임을 다해주기 바라오.]

윤창섭의 전음에 문형식이 대답을 했다.

[알겠소. 나 또한 소임을 다하고 죽을 것이오. 곧바로 뒤따라갈 테니 기다려 주시오.]

[무운을 비오.]

마지막 인사를 나눈 두 사람은 눈빛이 굳어졌다.

이미 죽음을 각오한 이들답게 눈빛에서 결의가 넘쳤다. 기필코 자신들이 맡은 역할을 해내겠다는 의지만이 가득했다.

찰칵!

문형식은 아바칸 프로젝트를 통해 최근 러시아의 제식 돌격소총으로 채택된 AK—74형의 안전 고리를 해제했다.

탁!

특별하게 제작된 소총탄이 장착된 탄창을 삽입했다. 45발들이 탄창답게 제법 긴 것이 위압감을 느끼게 했다.

'탄창을 갈아 끼울 수 있다면 좋겠지만, 내 목숨은 탄환이 다 발사되기 전에 놈들의 손에 사라질 것이다.'

인간이되 인간이 아닌 자들이다.

자신들을 막아설 자들을 조금이라도 저지하고 동료에게 기회를 주기 위해서는 탄창을 다 비워야 한다.

분당 650발이 발사되는 소총이라 탄창에 장착된 탄환들이 발사되는 것은 순식간일 테지만, 확신할 수는 없다. 인간의 한계를 벗어난 자들을 상대해야 하기 때문이었다.

소총을 거머쥔 문형식의 손에 땀이 흘렀다.

'마지막 관문이 이제 코앞이다. 벽으로 위장된 비밀 출입구가 열리게 되면 곧바로 방아쇠를 당겨야 한다.'

[시작이오.]

윤창섭의 신호에 문형식은 방아쇠에 힘을 가하기 시작했다.

스르르르!

소리 없이 눈앞의 벽이 사라졌다.

타타탁!

문혁식은 앞으로 나서며 평소 연습한 방향을 향해 총구를 움직이며 방아쇠를 당겼다.

타타타타타타타타탕!

사방이 막혀 있는 곳이라 총성이 통로를 울렸다.

퍼퍼퍼퍽!

문형식이 소총을 발사한 곳은 분명 아무것도 없는 공간이지만 둔탁한 소음과 함께 허공에 피가 뿌려졌다.

파파파파파팟!

예상치 못한 공격에 타격을 입은 매영들이 급하게 움직이며 소음이 흘렀다.

타타타타타타타탕!

퍼퍼퍽!

문형식은 여전히 아무것도 없는 공간을 향해 총구를 돌리며

총을 쏘았고, 빈 공간에 피가 뿌려졌다.

"어떻게 해서든지 죽여라!!"

자신들의 은신법을 알고 있음이 분명한 총격에 매영 중 하나가 소리를 질렀다.

총탄은 하나도 빗나가는 법이 없었다. 은신법과 보법을 알고 있지 않는 한 이런 식의 공격을 할 수 없다는 것을 알면서도 매영들은 접근할 수밖에 없었다.

보법의 패턴이 밝혀졌기에 희생을 감수하고서라도 침입자를 제거하는 편이 좋겠다는 판단 때문이었다.

무엇보다도 탄환이 문제였다.

웬만한 소총은 몸에 흠집조차 내지 못하는 신체를 가진 것이 매영인데, 맞는 순간 여지없이 몸이 뚫리고 있었다.

타타타타타타타탕!

퍼퍼퍼퍽!

허공에 피가 연신 솟구치고, 문형식은 연사로 총구를 돌려가며 계속해서 방아쇠를 당겼다.

팟!

문형식이 은신을 풀고 나타난 매영을 바라보았다. 야행복을 입고 있지 않는 맨몸인데도 오통 검은색으로 보이는 매영의 모습은 무척이나 기괴했다.

'나왔군. 이제 겨우 스물다섯 발인데…….'

탄창의 반을 조금 넘게 비웠는데 처리한 매영은 겨우 일곱 명이었다. 매영이 모습을 드러낸 이상, 은신법에 특화된 패턴의 보법을 시전하지 않을 것이 분명했다.

'이대로 죽어줄 수는 없지.'

웬만한 폭탄으로도 죽일 수 없는 놈들이라고 들었다.

놈들을 죽일 수 있는 유일한 방법은 탄두 앞에 특수 금속을 바르고 뒤에는 특별한 물질을 바른 탄환뿐이라고 했다.

남아 있는 탄환을 모두 발사해 한 놈이라도 더 저승길에 동반하는 것이 문형식으로서는 최선의 선택이었다.

자신을 향해 달려오는 매영들에게 문형식은 총구를 십자로 그으며 연신 방아쇠를 당겼다.

타타타타탕!

타타타타타타타타타탕!

타타타타탕!

퍼퍽!

십자화망에 걸린 것은 겨우 한 명뿐이었다.

푸—욱!

가슴에 두 발을 맞은 매영의 검은 모습이 인간으로 보이는 순간, 그의 손에 쥐여진 칼이 문형식의 심장을 꿰뚫었다.

"커—억!"

'다, 다 발사했다. 끄으으…….'

맡은바 임무대로 탄창을 다 비운 문형식은 눈을 부릅뜨며 모로 쓰러졌다. 문형식을 쓰러트렸지만 매영들은 비밀 통로 뒤쪽에 침입자가 한 명 더 있다는 것을 알고 있었기에 긴장감을 풀지 않았다.

[어떤 놈인지 모르지만, 더 이상의 희생은 내가 용서하지 않겠다. 은신법은 포기하고 정면으로 놈을 상대한다.]

최고 지도자를 호위하고 있는 매영의 수는 총 서른 명이다.

침입자를 저지하기 위해 동원된 3조 중 뜻하지 않게 절반 넘는 인원이 죽어나갔다.

남은 것은 자신을 포함해 세 명이라 삼조장의 전음에는 신중함이 서려 있었다.

스스스.

조장을 비롯한 세 명의 모습이 통로에 나타났다. 나타난 자가 자신들을 상대할 방법을 숙지하고 침입한 사실 때문인지 매영들의 움직임이 상당히 신중했다.

틱!

조용히 비밀 출입구를 향해 움직이던 매영들은 기괴한 소리를 들을 수 있었다.

[수류탄이다!]

삼조장의 전음이 남아 있는 두 명의 조원에게 전해졌으나 별다른 움직임이 없었다.

모습을 드러내면서 호신지기로 몸을 보호하고 있는 터라 그저 주의하라는 정도로 들었기 때문이다. 매영들은 수류탄이 터진다고 해도 별다른 타격을 입지 않는 신체를 가지고 있고, 호신지기까지 펼치고 있으니 위험하지 않다고 생각한 것이다.

무엇보다 수류탄 자체가 일정한 지연 시간을 가지고 있었다. 자신들을 향해 던져진다면 충분히 그것을 되돌릴 수 있다고 생각했다.

휘—이익!

검은 물체가 매영들 사이로 날아왔다. 맨 앞에 서 있던 매영은 앞으로 나서며 수류탄을 쳐내려 했다.

[쳐내지 마라!!]

순간, 삼조장이 소리를 질렀지만, 손은 이미 수류탄에 닿고 있었다.

콰콰콰쾅!

굉장한 폭발음과 함께 수류탄이 터지며 매영들의 주변으로 화염이 아닌 흰색 가스 같은 것이 순식간에 퍼졌다.

'백린이다.'

백색 가스의 정체를 확인한 삼조장의 눈빛이 급격하게 흔들렸다.

화르르르르르!

그 순간, 백린이 타오르며 사방이 불바다가 되었다. 함께 살포된 특수한 화학물질이 백린과 합쳐지며 불길을 더욱 돋게 하더니, 곧바로 매영들의 몸에 달라붙었다.

"크아아악!"

"아아악!"

신체를 개조한 탓에 별다른 고통을 느끼지 못하는 매영들의 입에서 처절한 비명이 흘러나왔다.

신체가 통째로 타오르며 억제한 통각을 되살린 탓이었다. 백린을 발견한 순간 뒤로 물러서던 삼조장 또한 화염 공격을 받았다.

쉬익!

툭!

"크윽!"

팔에 불길이 솟아오르는 것을 본 삼조장은 검을 이용해 과감하게 자신의 팔을 잘라 버렸다. 치밀어 오르는 고통을 누르며 지혈을 하고 있는 그의 눈에 핏발이 서렸다.

'이렇게 치밀하다니, 도대체 어떤 놈들이지?'

조원들을 전부 죽여 버렸을 뿐만 아니라 남아 있는 침입자도 아직 제거하지 못한 상태라 이성을 잃기 직전이었다.

'크윽, 너무 안일했다.'

모든 것이 방심 때문이었다. 이를 악무는 삼조장의 눈이 번들거렸다.

"크으윽! 모두 죽여 버리겠다!"

삼조장은 눈을 치켜뜨며 뛰어나갈 준비를 한 채 불길이 잦아들기를 기다렸다.

특수하게 제작된 백린탄을 이용해 수하들을 죽게 만든 침입자에게 지옥보다 더 큰 고통을 선사해 주기 위해서다.

애초에 탈 것들이 거의 없는 통로다. 더 이상 태울 것이 없자 사방을 불사르던 불길이 잦아들었다.

파파팟!

삼조장은 재빠르게 열기가 가득한 비밀 출입구 안으로 뛰어들었다.

'이놈이 어디를 간 거지?'

계속해서 기운을 퍼트려 놓고 있었다. 한순간도 침입자의 기척은 놓치지 않으려 했는데, 아무도 없었다.

'비밀 통로 안으로 뛰어들다가 살기가 치솟아 올라 기감이 잠깐 흐트러졌을 뿐인데……'

찰나라고 해도 좋을 만큼 짧은 시간이었다. 그 순간에 갑자기 기척이 사라져 버린 것을 보면 상대 또한 능력자가 분명했다.

'으음, 어디에 숨은 것이냐?'

순간적으로 기척을 놓쳤다는 사실에 조장은 긴장했다. 침입자들은 매영에 대해 훤히 알고 있는 상태에다가 철저하게 준비를 한 자들이었다.

'최대한 빨리 놈을 찾아야 한다.'

이대로 있다가는 최고 지도자를 호위하는 임무를 완수하지 못할 수도 있었다.

'이대로는 위험하다.'

적의 종적을 놓쳤다는 것은 자신 또한 위험에 빠졌다는 것임을 잘 알기에 삼조장은 몸을 뒤로 움직였다.

슈슈슈슈슈슛!!

삼조장은 손목에 장착되어 있는 수리검을 빠르게 사방으로 뿌렸다. 모두가 자신이 물러나는 위치에서 사각이 되는 곳들을 향해서였다.

티티티틱!

티티티티티팅!

그러나 콘크리트와 금속에 부딪치는 소음만 들릴 뿐, 원하는 소리는 들리지 않았다.

'놈은 이곳에서 사라졌다. 어떻게 이게 가능한 거지?'

어둡기는 하지만 사방은 4미터 정도다. 그다지 넓지 않은 공간이다. 피할 곳도 없는 곳이니 분명히 다른 비밀 통로를 이용해 어디론가 이동을 한 것이 분명했다.

기척을 놓쳤지만 다시 잡을 수 있다는 판단하에 삼조장은 빠르게 기감을 확장했다.

'이런!'

아무것도 없었다. 눈앞에서 놓친 침입자도 문제지만, 다른 방향으로 오고 있던 침입자의 기척도 어느새 사라지고 없었다.

'위험하다.'

타타타타탁!

삼조장은 뛰어 들어간 비밀 통로에서 몸을 빼낸 후, 다른 조가 있는 곳으로 빠르게 이동했다.

'분명 놈들은 우리가 펼치는 삼밀대진을 알고 있는 것이 틀

림없다.'

기척을 완벽히 숨길 수 있는 능력자들이 처음부터 자신의 존재를 알렸다는 것은 성동격서가 분명했다. 침입자들은 치밀한 공격으로 한 명의 희생만으로 아홉 명의 매영을 제거한 상태다.

침입자들이 노리는 것은 매영이 가진 최강의 방어진인 삼밀대진이 펼쳐지는 것을 막는 것임이 분명했다.

방금 전처럼 백린탄 같은 것이 터진다면, 삼밀대진이 펼쳐지지 않는 한 절대 최고 지도자를 보호할 수 없었다.

콰콰콰쾅!!

단숨에 통로를 가로질러 최고 지도자가 머물고 있는 회복실 근처에 이른 순간, 삼조장은 강렬한 폭발음을 들었다.

"제기랄!!"

뒤이어 거센 열기가 통로를 타고 흘러나왔다. 조금 전에 터진 것보다 몇 배는 강한 열기였다.

"아아악!"

"크아아악!"

회복실 앞은 온통 불바다고, 화염 속에서 매영들이 비명을 지르며 불타 죽어가고 있었다.

엄청난 불길에 금속 재질로 만들어진 통로가 붉게 달아오를 정도라 매영들은 죽음을 피할 수 없었다.

'저놈들은?'

순간, 매영들과는 다른 인영이 삼조장의 눈에 보였다.

거무튀튀한 것을 전신에 뒤집어쓰고 있는 인영 둘이 회복실 앞으로 뭔가를 옮기고 있었다.

'저, 저건 폭탄이다. 그것도 여기를 송두리째 날려 버릴 정도로 아주 강력한!'

입고 있는 것과 같은 계열의 방화 피복 같은 것으로 둘둘 말려진 것을 보니 뒷골이 싸늘했다.

폭탄 같은 것이 두 사람의 손에 의해 회복실 앞으로 옮겨지고 있는 것을 본 삼조장은 마음이 급해졌다.

'어쩔 수 없다.'

아주 위험한 상황이다. 상당한 크기의 저 폭탄이 터지게 된다면 이 안에서 살아남기 힘들다는 것을 짐작한 삼조장은 이를 악물었다.

슈—슈슈슛!

잘못하면 모든 것이 날아가기에 삼조장은 불길 속을 움직이는 인영들을 향해 손목에 장착된 수리검을 전력을 다해 던졌다.

'제발!'

자신이 끌어낼 수 있는 잠력을 전부 더한 탓인지 파리해진 안색의 삼조장은 날아가는 수리검을 지켜봤다.

퍼퍽!

삼조장의 염원을 담은 수리검은 빛살처럼 화염을 뚫고 움직이는 인영들의 뒤통수를 꿰뚫었다.

'크으, 됐다.'

무너지듯 쓰러지는 침입자를 바라본 삼조장은 더 이상 기력을 유지할 수 없었다.

'크으, 놈들이 죽었는지 확인을 해야 한다.'

얼마 남지 않은 진기를 급하게 끌어 올린 삼조장은 쓰러진 자들을 확인했다.

"둘 다 죽었다. 이제 열기도 가라앉기 시작……."

침입자를 저지한 것을 확인한 삼조장은 마음을 풀어버린 탓인지 기혈이 들끓어 올랐다.

"커억!"

삼조장은 피를 토하며 바닥에 무릎을 꿇었다.

가지고 있는 내력에 더해 마지막 잠력까지 끌어 쓴 탓에 삼조장의 안색은 창백하기 그지없었다.

'그래도 최고 지도자를 지켰다. 부디…….'

불길이 잦아드는 것을 바라보면서 삼조장은 천천히 의식을 잃었다. 꺼져 가는 그의 의식 속에 한 사람의 얼굴이 스치고 지나갔다. 대계를 세워 매영의 오늘을 있게 만든 사람의 얼굴이었다.

'부, 부탁합니…….'

정신을 잃은 삼조장의 심장이 서서히 멈춰졌다.

'대단하다!'

내가 경이로움을 느끼는 것은 다른 것이 아니다. 철저한 계획 하에 자신을 희생한 세 사람의 집념 어린 실천력 때문이다.

저들의 집념에 비하면 주변에 포진하고 있는 능력자 중 하나 가 보인 힘은 정말 아무것도 아니었다. 그도 자신의 모든 것을 걸고 원하는 것을 지켜냈지만 말이다.

'도대체 무엇이 저런 신념을 가지게 만들었을까? 저들이 회 복실 앞에 장치하려고 했던 폭탄이라면 아무리 이곳이 방호가 잘된 곳이라고 해도 이 안에 있는 이들은 절대 살아 나가기 힘 들었을 텐데 말이야.'

저들이 가져온 폭탄이 터진다고 해도 회복실 안은 안전했을 것이다. 전술핵이 아닌 이상 이곳 회복실 안에 피해를 준다는 것은 어불성설이었다.

벌집처럼 중간에 공간이 비어 있고, 그 안에는 충격을 완화하 는 물질이 담겨 있다.

그리고 양쪽으로 1미터가 넘는 두께의 철근 콘크리트와 10센 티미터가 넘는 강철판이 덧대어져 이중으로 보호되고 있는 곳 이니 말이다.

사실 이렇게 안전한 공간이지만 문제가 없는 것은 아니었다. 폭탄이 터졌다면 통로가 무너지고, 주변에 있는 구조물 또한 붕 괴했을 것이다.

설계한 자가 아는지는 모르겠지만, 그렇게 되면 심각한 문제가 발생한다. 폭발로 인해 외부에서 회복실로 들어오는 배선이 전부 망가지게 된다.

전력이 공급되지 않으니 환기장치도 가동하지 않을 것이다. 폭발과 함께 비상 발전기가 가동을 할 테지만, 무용지물일 것이다.

그렇게 되면 구조대가 도착하기 전에 이곳은 숨을 쉴 수 없는 공간이 되어버린다. 산소호흡기용 탱크가 있기는 하지만, 그것만으로 구조대가 올 때까지 버티는 것은 무리다. 모두가 죽은 목숨인 것이다.

피부호흡을 할 수 있는 나를 제외하고는 말이다.

'그런데 침입자들은 모종의 목적을 위해 그런 기회조차 날려버렸어. 그들이 노리는 것은 최고 지도자의 목숨이 아닌 것은 확실하다.'

나를 살리려던 아저씨는 침착하게 보이는 것과는 달리 급격하게 뛰던 심장 박동이 서서히 제자리를 찾고 있는 중이다.

아저씨는 이미 알고 있었을 것이다. 아저씨의 맥박이 안정되는 것을 보면 내 추측이 틀리지 않을 것 같다.

밖에 퍼진 커다란 열기 속에서 자칫 그들이 들고 있던 폭탄이 터지기라도 하면 매우 위험한 상황이었을 테니까 말이다.

죽음을 각오했다고 하더라도 당장 눈앞에 닥친다면 담담할 수 있을 사람이 있을 리 없으니, 아저씨도 매우 긴장했던 것 같다. 무엇보다 원하지 않았을 상황이니 말이다.

'그나저나 폭탄이 터지지는 않았어도 내부가 많이 망가진 상황이니, 다른 이들이 이곳으로 오려면 시간이 꽤 걸리겠군.'

백린 이외에도 여러 가지 강력한 인화 물질을 섞은 탓에 통로 안에 몰아친 화염은 전자 장비나 기계들을 완전히 못 쓰게 만들었다. 일부러 그런 것인지는 몰라도 엘리베이터가 있는 곳은 완전히 녹아버려 가동 자체가 안 되는 것 같다.

'다행히도 다른 생존 장치들은 대부분 무사한 것 같은데 말이야······.'

기운만으로 주변을 살펴 나가는데 갑자기 오한이 든다.

'뭔가 있다.'

아무래도 침입자가 또 있는 모양이다. 기척이나 기운을 모두 감춘 무서운 침입자다.

보이지는 않지만 느낄 수가 있다. 누가 들으면 말도 안 되는 소리라고 하겠지만, 사실이다.

내가 아저씨들이 가진 것들을 배우게 된 동기가 바로 이 믿지 못할 예감 때문이니 말이다.

남이 느끼지 못하는 것을 느끼는 능력.

인간의 한계를 넘어서는 능력을 가진 이도 알아차리지 못하는 것을 나는 느낄 수 있다. 초능력이라고 불러도 어색하지 않을 예지력을 가지고 있는 것이다.

그것이 나를 긴장하게 만든다.

'내가 알아차리지 못한 뭔가가 분명히 이 안으로 들어왔다.

회복실 문이 열린 건가?'

문이 열리지는 않았다. 이곳은 물론이고, 최고 지도자가 있는 곳도 열리지 않았다.

'도대체 어떻게 이곳에…….'

문이 열리지 않았다고는 하지만 내가 있는 회복실 안에는 누군가 있다.

만질 수도, 느낄 수도 없지만, 그것은 분명하다.

만나면 오직 죽음밖에 없을 무엇인가가 이 안에 있음을 내 예감이 말해주었다.

'무엇인지는 모르지만 집중을 해야 한다. 잘못하면 여기에서 죽는다.'

지금 내가 가지고 있는 힘이라면 얼마 동안은 놈을 상대할 수 있을 것이다. 스승님과 아저씨들이 가르쳐 준 것을 활용하면 그만큼은 해낼 테니 말이다.

'겨우 내 것으로 만들었는데, 나는 영 재수가 없는 모양이군.'

수기와 지기를 얻었지만, 거의 사용할 수가 없는 상황이다. 안타깝지만 그것을 사용해서는 안 된다. 대주천은 고사하고, 소주천도 하지 못한 상태에서 사용을 하게 되면 폐인이 되어버리니 말이다.

더군다나 지구로 넘어오며 녹령이 준 힘은 봉인된 상태다.

'남은 것은 그것뿐인가?'

그나마 아저씨가 말한 현기라는 것이라면 사용할 수 있을 것 같다. 이미 육체와 완전히 융합을 한 상태니 말이다. 오행지기와는 다르게 내 신체와 융합한 힘이니 문제가 있더라도 그다지 크지 않을 것 같다.

　'생체 에너지를 이용해 근육을 움직이는 것처럼 사용할 수가 있으니, 위험도는 오행지기를 사용하는 것보다는 나을 것 같다. 그렇다고 섣불리 맞설 수는 없겠지. 내가 가진 힘이 떨어지기라도 한다면 놈의 손에 죽음을 맞이할 테니 말이야.'

　기회를 봐야 한다.

　놈의 손에서 벗어날 수 있는, 치명적인 일격을 가할 수 있는 단 한 번의 기회를 말이다.

　백린을 섞은 소이탄으로 인해 온통 엉망이 된 통로 안은 짙은 어둠에 싸여 있었다.

　스스스스…….

　배관과 전선이 모두 불길에 녹아버렸다. 전기가 통하지 않아서인지 조명등은 말할 것도 없고, 비상등마저 들어오지 않는 어둠 속이다.

　그 어둠 속에서 무엇인가가 움직이고 있다.

　분명 보이지 않는 암흑 속이지만 회복실을 향해 서서히 어둠이 밀려가고 있었다.

　회복실 앞에 있는 출입문 근처에 이르자 어둠이 틈새를 파고

들었다. 물이 땅속으로 스며들 듯 어둠보다 짙은 암흑이 틈새 사이로 모습을 감췄다.

실험실에 나타난 어둠은 특이한 존재였다.

은밀한 세계에 전해지는 최고의 술법 중 하나인 암연을 통해 인위적으로 만들어졌기 때문이다.

암연을 시전한 이는 바로 매영에 필적할 능력을 가졌다는 흑운 중 하나였다.

암연을 시전해 안으로 들어온 흑운은 공간을 살폈다.

'이곳이 수령을 위한 생체 실험실이로군.'

정신을 잃고 침대 위에 누운 자들이 보였다.

'원래부터 이곳에 있었던 모양이군.'

사전에 얻은 정보와는 달리 하나가 아니라 둘이었지만, 상관은 없었다.

'나를 만난 것을 행운으로 여겨라.'

인간 마루타가 된 자들이다. 명령을 받은 대로 단숨에 안식을 주면 된다.

흑운은 곧바로 누워 있는 자에게 다가갔다.

수령과 비슷한 인체 구조를 가지고 있고, 닮기까지 한 자에게 첫 번째 죽음을 내려야 했다.

목에 손을 올려놓았다. 흑운 자신은 손이라고 생각하고 있지만 암연을 펼친 상태다. 투명한 상태에다가 안개처럼 퍼져 있는 터라 그저 기운으로 보이는 손이 누워 있는 이에게 향했다.

기운이 온몸을 누르며 기도를 타고 누워 있는 자의 몸 안으로 들어갔다. 호흡이 정지되고 극도로 괴로운 상태가 됐지만… 누워 있는 이는 움직이지도, 비명을 지르지도 못했다.

흑운의 기운에 완전히 속박을 당한 그는 이내 근육이 축 늘어졌다. 타인의 손에 의해 세상을 떠난 것이다.

'그래도 편안한 죽음이었을 것이다. 이대로 있다가는 무수한 실험을 당하다가 처참하게 죽었을 테니.'

흑운의 주인은 임무가 실패할 것을 대비해 사전에 생체 실험을 당한 인간들을 죽이라고 했다.

상대에게 내린 죽음은 섬긴 이의 명령이지만, 죽음의 방식은 자신의 뜻대로 했다.

수령과 맞춤형으로 만들어진 복제 인간의 죽음을 확인한 흑운은 곧바로 차훈에게로 갔다.

흑운이 천천히 손을 올렸다. 반투명한 기운이 일렁이며 차훈의 목에 얹어졌다.

퍼퍼퍼퍽!

그 순간, 연무로 화한 자신의 몸이 누워 있는 소년의 주먹에 충격을 받는 것을 느끼며 흑운은 빠르게 뒤로 물러섰다.

'어떻게 암연을……'

흑운의 뇌리에 의혹이 스쳤다.

암연은 일반적인 술법이 아니다. 아주 오래전, 중앙 고원인 파미르에서 동서로 갈라진 환의 열두 갈래 종족 중에 흑

수(黑守)의 일족이 만들어낸 고차원적인 술법이다.

갈라진 이후 흑수의 힘은 서쪽에서 흑암(黑暗)이라는 이름으로, 동쪽은 암연(黯然)이라는 이름으로 자리를 잡았다.

흑암은 마법과 결합해 어둠의 일족을 낳았고, 암연은 대기와 결합해 안개의 일족을 낳았다.

술법이 펼쳐지면 두 일족은 실체를 가지지 않아 적에게는 공포의 대상이 되어왔다. 공격이 거의 통하지 않아 속절없이 목숨을 내놔야 했던 까닭이다.

오랜 세월 공포로 군림해 온 두 일족을 상대할 방법이 알려지기는 했지만, 그것도 쉽지 않았다.

워낙 고절한 술법이라 암연을 실제처럼 타격할 수 있는 이는 특급 능력자 중에도 최소 S급 이상이어야 가능한 일이었기 때문이다.

'그런 암연이……'

타격을 가한 이는 누워 있는 소년이다. 능력을 가지고 있는 것은 틀림없지만, 겨우 C급이 될까 말까다.

'뭐지? 절대 있을 수 없는 일인데……'

선천적으로 타고날 수 있는 능력의 최고 한계는 B급이고, A급 능력자가 되려면 특별한 계기가 있어야 가능하다.

그것이 과학적인 것이든, 특별한 인연으로 인한 것이든 간에 그것이 지금까지 알려진 정설이다.

과학 기술을 사용해 B급을 A급으로 올리려면 엄청난 돈이

들어가야 한다. 원자력발전소 한 기를 건설할 만큼의 비용을 들여야 하고, 가능성마저 50퍼센트밖에는 되지 않았다.

인연을 얻는다는 것도 그렇다. 신령의 기운이 서린 것을 얻거나 적어도 특A급이 목숨을 담보로 자신의 모든 것을 전했을 때나 가능한 일이다.

일반 능력자도 그러한데 스페셜인 특급으로 올라서려면 얼마나 많은 돈과 인연이 겹쳐져야 할지 알 수 없었다.

그런데 저 소년의 능력으로는 실체를 직접 타격할 수 없어야 함에도 충격을 받았다. 절대 있을 수 없는 상황이다. 연무를 타격할 수 있다는 사실에 놀라기는 했지만, 흑운은 이내 마음을 가라앉혔다.

'절대 그럴 리가 없다.'

천천히 침대에서 일어나는 소년이 자신이 생각하는 능력자가 아니라는 사실을 다시 한 번 확인했다.

절대자에 속하는 S급 능력자라면 압박감 정도는 줘야 하는데, 소년이 가진 힘은 보잘것없었다.

처음 파악한 대로 잘 쳐봐야 겨우 C급이다.

그렇다면 결과는 하나였다. 길러진 능력이 아니라 선천적인 것이라는 뜻이었다.

'이제 보니 타고난 것이로구나. 타고난 것이라면 반드시 죽여야 할 아이다. 우리 일족의 천적이 될 가능성이 아주 높으니까.'

소년을 처음 볼 때만 하더라도 별다른 생각이 없었다. 그저 맡은 임무이기에 고통스럽지 않게 목숨을 거둘 참이었다.

그러나 이제는 그럴 수가 없다.

전설처럼 전해지는 일족의 천적이라면 그냥 두어서는 곤란하다.

흑운은 손을 쓰기로 했다.

스스스스스……

기척을 감추고 기운도 숨겼다. 약간의 일렁임이 있던 것조차
도 사라져 버렸다. 무형화의 완성도를 높이자 흑운의 모습은 이
제 세상에 존재하지 않는 것처럼 보였다.

지랄같이 무서운 놈이다.

죄책감도 없이 다짜고짜 사람을 죽인다. 어찌 된 자식인지 모
르겠다. 사람으로서 이렇게 무감각하게 살인을 하다니 말이다.

'고통스러웠을 텐데…….'

아저씨는 기도가 막혀 죽었다. 놈은 자신의 몸에서 뿜어낸 기
운으로 아저씨를 옴짝달싹 못하게 만들고 숨을 틀어막았다.

'하긴, 수용소에서도 사람 목숨이 파리 목숨이었지.'

병들어 죽거나, 개처럼 맞아 죽거나, 굶어 죽거나 하는 일이
비일비재한 수용소였지만, 그래도 인간적인 면은 있었다. 경비
병들이나 수용소장도 일말의 가책을 느꼈던 것 같으니까 말이
다.

그렇지만 아저씨를 죽음으로 몰아넣은 저놈은 아니다. 아주
무감각하게 사람 목숨을 빼앗는다.

'이번에는 내 차례구나.'

놈이 마치 사신처럼 나에게로 다가온다.

'내 옆에 누워 있는 아저씨가 정신을 차릴 때쯤 나도 깨어나려고 했는데, 그럴 수가 없겠다.'

이내로 가면 죽음뿐이니 기회를 봐야 한다. 놈에게 일격을 가할 수 있는 기회를 말이다.

목에 놈의 손길이 느껴진다. 모습이 눈에 보이지는 않지만 놈의 실체를 확실히 인지할 수 있어 다행이다. 모두가 녹령과 아저씨가 주사해 준 액체 덕분이다. 쓸 수는 없지만 내 감각을 극상으로 끌어 올려주었으니 말이다.

'기회다.'

파파팍! 퍼······.

명치와 하단전까지 연이어 네 방의 주먹을 꽂아 넣었다.

'젠장!! 마지막에는 빗나갔다.'

마지막 주먹이 이어져야 했는데 놈이 뒤로 몸을 빼내는 바람에 설맞아 버렸다.

아주 미세하지만 현기를 실은 주먹이다. 조금만 더 실을 수 있었다면 쇄격의 진수를 보여줄 수 있었는데, 무척이나 아쉬운 상황이다.

'칫! 지금부터는 몸으로 때워야겠구나.'

세 방이나 정통으로 맞고도 아무렇지도 않은 모습이다. 성공적인 기습 공격이기는 했지만, 어설펐다.

상대의 상태를 보니 아무래도 헛짓을 한 것 같다. 정신이 없는 척할 수도 없기에 침대에서 몸을 일으켰다.

　'정말 턱없이 부족하구나.'

　어차피 제대로 된 수련을 한 적이 없으니 실패를 아쉬워할 이유는 없다.

　'내 실력이 형편없지는 않을 텐데, 쉽게 막아낸 것을 보면 절대로 쉬운 자가 아니다.'

　공격은 실패했다.

　기습적이지만 산전수전을 다 겪은 노장의 풍모를 보이는 상대에게는 장난 정도였을 것이다.

　'그럼 다음 수순인가?'

　목숨이 걸려 있으니 어떻게든지 시간을 끌어야 했다.

　엘리베이터가 망가지기는 했지만 첫 번째 침입자가 뚫어놓은 루트가 있다. 그곳을 통해 호위 병력이 들어오고 있으니 그때까지만 버티면 어떻게든 될 것 같다.

　'그렇지만 저렇게 변하면 꽤 겁나잖아.'

　투명한 모습으로 옆에 누워 있는 아저씨를 죽이고, 나까지 죽이려 하던 자는 이제 모습을 변화시키고 있었다.

　희한한 술법을 펼치는 족속들이 있다고 스승님께 듣기는 했지만, 직접 보니 인간이 아닌 것 같았다.

제7장

암연을 강화하자 흑운의 신형이 허공에서 서서히 실체화되며 나타났다. 인간의 형상을 한 검은 기운이 살기를 줄줄 풍기며 차훈을 노려보고 있었다.

팟!

실체화와 동시에 차훈의 앞으로 순간적으로 다가선 흑운은 심장과 배에 연이어 주먹을 꽂아 넣었다.

퍼퍽!

콰당당탕!

속절없이 두들겨 맞은 차훈의 신형이 뒤로 날아올라 바이탈을 체크하는 기계를 덮쳤다.

"크으윽!"

심장이 부서지고 단전이 깨질 정도의 위력을 가진 주먹이다. 그런 주먹을 맞고도 부서진 기계들 사이에서 몸을 일으키는 차훈의 모습을 본 흑운의 눈에 이채가 스쳤다.

"대단한 놈이구나."

솔직히 감탄하지 않을 수 없었다.

정통으로 맞았음에도 순간적으로 근육을 응축해 타격을 최소화했다. 게다가 뒤이어 암연이 풍기는 살기를 정면으로 받고도 버텨내는 것은 아무나 할 수 없는 일이었다.

"크으, 그러게 말이야. 맞는 순간 죽는 줄 알았으니까."

극심한 고통을 느끼면서도 차훈은 기죽지 않은 목소리로 말했다. 기가 죽는 순간 상대의 살기에 묶여 아무것도 할 수 없다는 것을 너무도 잘 알기 때문이다.

팟!

퍼퍼퍼퍽!

어느새 다가온 흑운의 주먹이 연이어 차훈을 타격했다. 충격으로 인해 연신 뒤로 물러나면서도 차훈은 흑운의 주먹을 막으려 했다.

퍼퍼퍼퍼퍽!

복싱처럼 상하 좌우 방향을 가리지 않고 연이어 뻗어 나오는 주먹은 가공스러웠다. 살점이 뜯어지고 뼈에 금이 가고 있었다.

그러나 차훈은 쓰러지지 않고 흑운의 공격을 버텼다.

'대단한 놈이다. 처음과는 비교도 안 될 충격이 몸으로 전해 지고 있을 텐데…….'

정신력이 매우 강한 상대였다. 흑운은 고통의 와중에도 강한 정신력으로 무장하여 자신이 내뻗는 주먹을 보려고 하는 차훈 의 눈이 보였다.

퍼퍼퍼퍽!

터터터턱!

'응, 뭐지?'

내뻗는 족족 맞고 있는 중이었는데 갑자기 타격음이 달라졌 다.

'이런! 두 번째 주먹부터 전해지는 감촉이 달라지고 있었는 데 이제야 알아차리다니, 너무 안일했군.'

흑운은 이상이 발생했다는 것을 알아차렸다. 어느 순간부터 는 기이한 반탄력이 타고 올라와 주먹을 밀어내고 있었다.

'어디!'

투투투투투툭!

피투성이가 되기는 했지만, 숙달이 된 듯 이제는 완전히 주먹 을 튕겨내는 중이다. 처음에는 잘못 느꼈다고 생각했는데, 결코 잘못 느낀 것이 아니었다.

'내 생각이 맞았다.'

확신이 들자 흑운은 생각을 정리하기 위해 빠르게 뒤로 물러 섰다.

'이제 시험은 그만하도록 하자. 이대로 가다가는 진짜 각성할 수도 있을 것 같으니.'

산화한 암연을 건드릴 수 있는 선천적인 능력이 있다는 것을 알기에 시험적으로 공격을 해보았다.

그런데 자신의 주먹에 죽기는커녕 반탄력이 더욱 강해지는 차훈을 보며 화들짝 놀랐다.

이 정도라면 상대는 이미 각성이 임계점까지 도달한 상태다.

선천적으로 암연을 무력화시킬 수 있는 자가 각성까지 한다면 문제가 컸다. 천적이 될 것이 확실하기에 반드시 죽여야 할 존재다.

서서히 흑운의 기세가 달라졌다.

스스스스!

결심과 동시에 흑운의 신형이 산화했다. 검은 인영이 흩어지며 사방에 검은 운무가 피어올랐다.

팡!

'제길!'

갑작스러운 공격이다.

상대가 순식간에 거리를 좁혀온 후 펼친, 연격으로 이루어진 공격은 내뻗는 손과 발이 보이지 않았다.

퍼퍼퍽!

"차앗!"

맞고 있을 수만은 없는 일이다. 이대로라면 허무하게 죽어 나갈 것이니 말이다. 연격의 틈새에 공세를 집어넣고 손이 되든지 발이 되든지 뭐라도 잡아야 한다.

퍼퍼퍽!

'미꾸라지 같은 놈!'

내 손을 피하며 공격을 하는 움직임이 장난이 아니다. 놈의 공격을 맞고 한 대 치려고 하면 빠져나간다.

퍼퍼퍼퍽!

한참 두들겨 맞다가 겨우 공격의 틈새로 공세를 집어넣었는데, 상대는 내 의도를 알기라도 하는 것처럼 교묘히 피한 후에 두들겨 팬다.

'내가 행동하기 전에 먼저 움직이고 있다.'

내 움직임을 완전히 읽히고 있는 것이 분명하다. 이래서는 죽도 밥도 안 된다.

퍼퍼퍼퍽!

"크으윽, 젠장!! 빌어먹을!!"

이번에도 마찬가지다. 언제 맞았는지도 모르겠다. 정말 사람 새끼 같지가 않다.

'크윽, 너무 맞았다. 조금 전만 하더라도 버틸 정도는 됐는데…….'

내부에서 기운이 넘치는데도 움직일 힘이 없다. 놈이 내게 한 공격 때문이다.

'그냥 공격하는 것이 아니다. 맞는 곳을 따라 기운이 단절되어 제대로 흐르지 않는다.'

움직임만 읽히는 것이 아니다. 놈은 타격을 통해 내 기운의 흐름을 뺏고 있다.

타격이 가해질 때마다 맞은 부분에서 기운이 꼬이듯 얽혀드는 것을 보면 틀림없다.

놈이 자신이 가진 특별한 타격기를 사용하는 것 같다. 그것도 경맥을 끊는 수법을 사용하고 있다.

버틸 수는 있을 것 같다. 무지막지하게 쥐어 터지고는 있지만, 그래도 치명적인 공격은 잘 막아내고 있으니 말이다.

'녹령 덕분인가?'

쥐어 터지며 상황이 바뀐 것이 있다. 단전과 심장에 자리한 내단들이 조금이나마 기운을 뿜어낸 것이다. 녹령의 기운은 혈액 속에 녹아들어 지금도 놈이 침투시킨 기운을 조금씩 밀어내고 있다.

'계속해서 움직이기를 기원한 탓일 것이다. 녹령은 의지에 반응하는 존재니까.'

녹령이 반응하지 않았다면 죽어도 벌써 죽었을 것이다. 놈이 펼치고 있는 타격기를 막아낸다는 것은 쉽지 않은 일이니 말이다. 때맞춰 움직여 준 녹령이 고마웠다. 비록 그 양이 쥐꼬리만 했다고 해도 말이다.

'그래, 처음 생각한 것보다는 훨씬 나은 상황이다.'

상대가 되지 않는다는 생각에 걱정했는데, 다행이다. 아직 익숙하지가 않아서 그렇지, 저자가 가지고 있는 힘을 보면 충분히 싸워볼 수 있을 것 같다.

'으응? 뭐지?'

무슨 이유인지는 모르겠지만, 놈이 갑자기 뒤로 물러난다.

'으으으음.'

놈의 기세가 달라졌다. 조금 전과는 완전히 다른 기세다.

'젠장, 내가 느낀 것이 사실이었구나. 지금까지 힘을 감추고 있었어.'

처음 느낀 위험이 다시 살아났다.

살갗이 오톨도톨해지도록 소름이 끼친 그 위험스러운 느낌이 놈에게서 풀풀 풍겨 나온다.

'저 새끼! 날 가지고 장난을 친 건가?'

고양이 앞의 생쥐처럼 보였을 날 생각하니 기분이 나쁘지만, 진짜 위험한 상황이다.

'분명 술법이다.'

놈의 몸이 사라져 간다. 흩어지는 신체 사이로 검은 안개가 퍼져 나간다.

검은 안개가 주변을 에워싼 덕분에 시야마저 가려져 아무것도 보이지 않는다. 스승님이 알려주신 술법자가 틀림없다.

'그런데 어떻게 이럴 수가 있는 거지?'

이제까지는 보이지 않는 것이 전부였지만, 지금부터는 아닌 것 같다. 위험한 냄새를 풍기는 검은 안개는 스치는 것만으로 머리를 쭈뼛하게 만드니 말이다.

쏴—아악!

퍼퍼퍼퍼퍼퍽!

"크으으으윽!"

사방으로 퍼진 안개가 빠르게 밀려들더니 뭔가가 전신을 가격한 후 바늘로 찌르는 것 같은 고통이 뼛속까지 전해진다.

조금씩 돌기 시작한 녹령의 기운도 놈이 발하는 기운의 침투를 막지는 못하고 있다.

'젠장, 그걸 써야 하나?'

적이 어디에 있는지도 모르고, 사방에서 공격을 해대는 터라 한 가지 방법이 생각났지만, 쉽게 사용할 수는 없다.

수용소에 있을 때 강신 아저씨가 알려준 수법으로, 완성이 되기 전까지는 절대 남 앞에 보이지 않겠다는 약속을 했기 때문이다.

'어떻게 될지 모르니 일단 버티는 수밖에는 없구나.'

퍼퍼퍼퍽!

"크윽!"

맞을 때마다 전신이 아릴 정도의 고통이 밀려온다. 아무래도 뼛속까지 파고드는 놈의 기운 때문인 것 같다.

'어떻게 해서든지 놈의 실체를 찾아야 한다.'

안개처럼 변해 버렸지만, 놈의 실체가 어딘가 있다는 것은 분명하다.

눈에 보이지 않아 실체를 확인할 수는 없어도 본능처럼 놈의 실체를 찾을 수 있다.

'놈의 실체가 내가 느끼기도 전에 이동을 하는 것이 문제일 뿐이지만…….'

놈의 실체를 찾기 위해 감각을 최대한 높였지만, 느껴지지 않는다.

일체의 기척도 없이 가공할 속도로 움직이기 때문이다. 하지만 알면서도 어떻게 할 방법이 없다.

놈이 지금 나를 공격하는 방법은 신체를 이용한 이동이 아니라 술법을 이용해 움직이는 것이기 때문이다.

티티티틱!

'크으윽, 더 빨라졌다.'

놈이 내뻗는 공격의 속도가 몇 배나 빨라졌다. 공격하는 방법이 타격이 아니라 무기를 사용하는 것처럼 변해 버린 탓이다.

맷집이라면 자신이 있었는데, 모습이 변한 후부터는 견디기 힘들다. 더군다나 이제는 살점마저 뜯겨 나간다.

'크으, 이대로라면 잘 다져진 고깃덩어리가 된다.'

목숨을 건질 수만 있다면 고통은 아무것도 아니다. 죽은 자는 아예 고통을 느끼지 못하니 말이다.

'한 방이면 된다. 놈의 실체에 딱 한 방이면…….'

놈의 실체에 정확한 타격을 가해야 한다는 전제가 붙지만, 기회는 있다. 아주 조금씩이지만 놈에게 맞을수록 몸 안에 움직이는 녹령의 기운이 커지고 있으니 말이다.

티티티티틱!

"크으으윽!"

보이지는 않지만 살점이 뜯겨 나가며 피가 퍼지는 것이 느껴진다.

'크으, 더럽게 아프네.'

닿는 것만으로도 어마어마한 충격이 전해진다. 각오를 했음에도 견디기 힘들다.

'어떻게 해서든지 놈의 타격을 비껴 맞아야 한다. 이렇게 계속해서 정타를 허용하면 한 번의 기회조차 사라질 테니까.'

몸속에서 조금씩 커지고 있는 기운이 놈의 타격으로 흔들리고 있다. 생성되는 양은 많은데 놈의 기운을 막다 보니 조금밖에는 모이지가 않는다.

공격이 닿기 전에 느껴야 한다. 놈보다 속도 면에서 뒤질지는 모르지만, 약간만이라도 비껴 맞을 수만 있으면 된다.

티티티티틱!

터턱!

'크으, 됐다.'

몸에 닿기 전에 놈이 뻗은 공격의 실체를 느꼈다. 두 번뿐이지만, 이것으로도 족하다. 조금 전보다는 훨씬 기운이 많아졌으니 말이다.

티틱! 터터터틱!

검은 안개 속에서 날아오는 놈의 공격을 막았다. 익숙해져서 인지 이번에는 네 번이다. 보이지 않는데도 다가오는 순간이 느껴지고 있기에 가능한 일이다.

'크으, 어지럽네.'

상처가 많이 난 모양이다. 얼마나 다쳤는지 보이지는 않지만… 머리가 띵한 것이, 피를 많이 흘린 것 같다.

'크으, 정신 차리자.'

지금 호위 병력들이 내려오는 중이다. 나를 공격하고 있는 놈을 상대할 만큼 상당히 강한 자들이 내려오고 있다. 어지럽지만 시간을 끌기 위해서는 정신을 차려야 한다.

'크으, 그냥 침투하면 됐지, 이곳으로 내려오면서 군이 부비 트랩까지 설치할 것은 없었잖아. 제기랄! 아무래도 늦겠구나.'

호위 병력들이 올 때까지 얼마나 걸릴지 추측해 봤는데, 절망적이다. 여기까지 오려면 시간이 꽤 걸릴 것 같다.

처음에 들어온 침입자들이 만든 루트를 따라오는 일이 그리 쉬운 것이 아니었다. 침입자들이 내려오면서 곳곳에 함정을 설치해 놓은 탓이다.

'몸이 누더기로 변했겠군. 조금씩 막아가고는 있지만, 호위 병력이 올 때까지 버틸 수 없을 것 같다. 시도해 보자.'

나로서도 한계가 있다. 놈의 공격을 얼마나 버틸 수 있을지 모르겠다.

단 한 번의 기회밖에 없는 것 같지만, 아무래도 반격을 시도해 봐야 할 것 같다. 놈에게 타격을 주지 않으면 내가 죽을 것 같으니 말이다.

암연을 펼치는 순간, 시야는 사라진다.

박쥐의 초음파처럼 눈이 아니라 전신에 전해지는 감각에 의존해 펼치는 투기이기 때문이다.

사물을 보고 인지하는 시야는 사각이 많아 애초부터 오류가 많은 감각이지만, 암연은 전신이 모두 감각기관이다. 시야는 사라지지만 느껴지는 감각은 오히려 월등하다.

'도대체 저놈은 뭐지?'

묘한 느낌이 계속해서 전해진다. 실체를 전혀 파악할 수 없는, 위험한 느낌이다.

암연을 펼치면 상대의 기혈마저도 어떻게 움직이는지 알 수 있는데, 지금은 전혀 파악이 되지 않는다.

뭔가 위험한 것이 시작되고 있다는 것만 느껴질 뿐이다.

'파연기를 막아내고 있는 것을 보면……'

무른 금속인 납덩어리도 가루로 부숴 버릴 수 있는 파연기(破鉛氣)를 온몸으로 받으면서도 버티고 있는 중이다.

감각을 자극하는 뭔가의 실체가 나타나면 상당히 위험할 것 같다는 생각에 긴장을 끌어 올렸다.

암연으로 인해 감각을 최대한 끌어 올린 흑운은 위험에 대비하며 차훈을 공격했다.

티틱! 터터터틱!

거의 동시라고 할 만큼 사방에서 신체를 실체화하며 퍼붓는 파연기가 네 번이나 비껴 맞았다.

'조금 전에도 그러더니, 이번에는 네 번이나?'

아주 빠르고 날카롭지만 진득하게 달라붙는 것 같은 충격파가 전해지는 파연기를 비껴낼 수 있다는 사실에 놀라지 않을 수 없었다.

'위험한 냄새가 점점 더 강렬해진다. 이대로라면 놈이 각성한다. 압살기를 사용해야 하는 건가?'

특급 능력자라도 쉽게 방어할 수 없는 형태의 공격을 비껴내는 것을 느끼며 흑운은 자신이 가진 최고의 투기를 펼쳐야 하는지 고민이 들었다.

가지고 있는 내기 대부분을 쏟아내야 하는 터라 공격 이후에 빠져나가는 일이 걱정이 되었기 때문이다.

'놈들이 내려오고 있지만, 충분히 빠져나갈 수 있다.'

자신보다 앞서 침투한 자들이 만들어놓은 루트를 따라 호위 병력들이 내려오고 있지만, 시간이 제법 걸릴 것 같았다. 제법 까다로운 함정들을 설치하며 침투한 터라 고맙게도 시간을 벌수 있을 것이 분명했다.

'암연을 밀어내는 방법을 파악했으니 이제는 끝을 내자. 네놈의 운명도 이것으로 다한 것 같구나. 압살기라면 그리 고통스

럽지 않게 한순간에 끝이 날 거다.'

압살기(壓殺氣)는 요혈을 타격하는 방식이 아니다. 전신을 한 치의 틈도 없이 공격하는 것으로, 동시에 투기를 밀어 넣어 장기와 뼈를 가루로 만들어 버린다.

암언을 통해 산화한 투기에 자신의 실체가 가진 내기를 더해 상대를 공격하는 수법으로, 적에게 반드시라고 할 만큼 죽음을 선사한다.

"이제 가랏!!"

흑운의 말이 끝나기도 전에 실처럼 풀려 나간 기운이 차훈의 전신을 고치처럼 에워쌌다.

놈이 새로운 수법을 전개한 것 같다.

'젠장! 놈에게 말려들었다.'

수령에 빠진 것처럼 갑자기 몸을 움직이기 힘들다. 기회를 잡기도 전에 놈의 수법에 말려들었다. 아주 위험한 상황이다.

'끄윽!'

친친 몸을 휘감고 있는 기운의 압박이 장난이 아니다.

하지만 숨을 쉬기조차 불편할 정도로 강한 압박이 끝이 아니었다. 실이 겹쳐져 엮인 것처럼 만들어진 것들의 기운이 빠르게 증가하고 있다.

'뭐, 뭐냐?'

실타래처럼 내 몸을 감은 기운들이 작은 바늘을 수도 없이 겹쳐 놓은 것처럼 변했다.

인도의 요가 수행자들이 누워 수행을 하는, 못으로 만든 침대처럼 바늘 끝이 내 몸을 향해 날카로움을 곤두세우고 있다.

티티티티티티티티틱!

수천만 개의 바늘들이 엄청난 압력으로 내 몸을 찔러 대며 기운을 침투시킨다.

'끄으윽!'

장기가 찢겨지고 뼈가 부서진다. 미친 새끼, 사람을 이렇게 죽이다니. 정말 아파 미치겠다.

'젠장! 이대로 죽는 건가?'

신경계가 활성화된 것을 너무 믿었다. 놈의 움직임을 잡아챌 수 있다고 생각했는데, 자만이었다.

기회를 잃어버렸다고 생각하니 열이 받는다.

이대로 죽는다고 해도 한 대만 팼으면 좋겠다. 억울하지라도 않게 말이다.

"지랄!!"

열이 받아 모아놓았던 기운들을 풀었다.

'내가 죽는다면 네놈도 죽는 거다.'

"으으으으으악!!"

이판사판이다. 그야말로 찰나의 순간에 전신으로 기운들을 퍼트렸다.

쏴―아아!!

심장이 격하게 뛰며 폭발하듯 기운이 불어난다. 그 동안 놈에게 언어맞으며 모아놓은 것이 허무할 정도로 엄청난 기운이다.

티티티틱!

놈의 기운이 여전히 찔러오고 있다.

'가랏!'

전신을 옭아매고 있는, 보이지 않는 실타래를 향해 마음껏 기운을 뿌렸다.

콰콰콰콰콰쾅!!

놈이 내 몸을 둘러싸서 만든 기의 바늘들이 터져 나가며 사방을 흔들었다. 타격을 받은 모양이다. 검은 안개가 점점 엷어지고 있는 중이다.

'이제야 보이는군. 이대로 죽을 수는 없는 일이다. 어떻게 살아남았는데…….'

놈의 모습이 희미하게나마 잡힌다. 최고조로 끌어올린 감각계에도 확실히 인지가 된다.

'이것으로 끝이다.'

몰아치는 기운의 폭풍 속에 놈을 향해 주먹을 뻗었다. 전신에서 터져 나가고 있는 기운 중 일부가 주먹을 따라 상대에게 쏟아졌다.

퍽!

퍼퍽!

"컥!"

"끄윽!"

난 한 대만 성공했는데 두 대를 맞았으니 손해다.

'크크크, 그래도 놈에게 한 방 멋지게 먹이는 데 성공했다.'

제대로 된 공격이었다. 사방으로 퍼졌던 검은 안개들이 순식간에 모여들며 형상을 이룬다. 흐릿하지만 전보다는 똑똑하게 놈의 모습이 보인다.

'크으, 이런. 놈이 아니라 년이었군.'

얼굴은 알아보기 힘들 정도로 흐릿하지만, 신체는 아까보다 선명하게 윤곽을 드러냈다.

검은 기운에 휩싸인 봉긋한 가슴과 잘록한 허리, 그리고 풍만해 보이기까지 하는 엉덩이까지. 틀림없는 여자다.

'젠장!'

머릿속이 아련해진다.

모았던 기운이 일시에 빠져나가며 나를 감싸고 있던 실타래 같던 기운들을 전부 뜯어버렸지만, 타격이 컸나 보다.

기운은 텅 비어서 공허하기까지 하다. 장기는 잔뜩 상처를 입었고, 뼈는 으스러지기 일보 직전이다.

'크으으, 기운이 하나도 없구나. 이대로 죽는 건가?'

쓰러지려는 몸을 간신히 붙잡고 있다. 머릿속이 하얗게 변해 정신이 가물거리지만, 상대를 살펴야 한다.

'크으, 도주했구나.'

방금 전 모습을 드러낸 계집의 모습이 사라지고 없다.

'크크크, 상처를 입은 모양이구나. 그렇다면 여기에 남아 있을 이유가 없지.'

이곳으로 달려오고 있는 호위 병력 때문에 도망을 친 것 같다. 상처를 입은 몸으로 최고 지도자를 죽이고 이곳을 벗어난다는 것은 어려운 일이었을 테니까.

'왔구나.'

꺼지는 시야 사이로 국방색 옷을 입은 일단의 사람들이 보인다. 낭패를 당한 것 같이 옷차림이 별로지만, 기세는 아주 강해 보인다. 총이 아니라 검을 둘러멘 자들이다.

베일에 싸여 있어 잘 알려지지 않은 자들이지만, 최고 지도자를 호위하는 최강의 병력들이다.

'크으윽, 저들이 왔으니 됐다. 이제 살 수 있을 것 같으니 기절해도 되겠구나.'

곤두섰던 감각들이 일시에 사라진다. 불이 꺼져 어둠이 찾아오듯 시야가 꺼진다.

죽어라 맞았는데 아픈 구석이 한 군데도 없다.

아무렇지 않게 돌아다니며 온몸 구석구석 활기를 불어넣고 있는 녹령의 기운이 느껴진다.

더군다나 감각으로 느껴지는 주변이 완전히 다르다.

지하 실험실이 아니라 게이트를 통해 지구로 돌아가기 전의 세상이다. 도대체 어떻게 된 일인지 모르겠다.

"역시, 다른 세계로 온 것인가?"

눈을 뜨자 보이는 것은 주변을 에워싸고 있는 녹색의 관목들과 거대한 산맥이다.

"실험실에서 의식을 잃자마자 이곳으로 온 것은 분명한데 말이야."

게이트를 오갈 때는 의지를 가지면 된다. 그러면 게이트의 입구가 나타나고, 안으로 진입하면 다른 세계로 가게 된다.

스승님이 말씀하신 바로는 분명히 이런 절차를 거쳐야 하건만 난 의식을 잃어버리자마자 곧바로 이곳으로 왔다.

"설마, 양쪽에 내가 다 있는 건가?"

지구로 돌아갈 때도 그렇고, 이곳에서 의식을 차린 것을 보면 내가 양쪽 세계에 동시에 존재하는 것이 분명하다.

"도대체 모르겠군. 스승님이 말씀하신 것과는 많은 차이가 있으니 말이야."

게이트에 대해서는 아직도 많은 것이 밝혀지지 않았다고 하셨다. 나에게 알려주신 것은 지금까지 밝혀진 것들이니 이런 현상에 대해서는 스승님도 모르셨을지도 모른다.

"양쪽에 내가 존재하고 있는 것이 거의 틀림없는 이상, 정신을 잃을 때마다 이런 식으로 이동이 된다면 문제가 심각하다."

의식을 잃은 채로 지구나 이곳에 본체가 남겨진다면 정말 위험하다. 무방비 상태로 있을 것이고, 대처할 방법이 전혀 없으니 말이다.

"문제는 시간인데 말이야."

처음을 제외하고는 의지를 가지고 게이트를 만들어 이쪽 세계로 와본 적이 없다. 돌아갈 때도 어느 정도 시간이 흘렀는지 알 수가 없었다.

"이곳과 지구 사이에 시간의 차이가 없다면 정말 곤란하다."

분명히 차이가 나는 것은 분명한데, 양쪽의 시간이 얼마나 간극이 있는지 비교할 수 없으니 답답하다.

양쪽 세계의 시간이 흐름을 달리해 흐른다면 문제를 극복할 방법이 있는데 말이다.

"아직 완전한 주인이 되지 못해서 이 세계가 간직하고 있는 비밀을 알 수가 없는 이상, 내게 남은 것은 움직이는 것뿐인가?"

내게 귀속된 게이트는 지금까지 알려진 것과는 완전히 다른 것 같다.

다른 게이트가 아주 넓기는 하지만, 던전과 비슷한 곳이라면 이곳은 다른 세계일 가능성이 높으니 말이다.

다시 돌아갈까 생각도 해봤지만, 가봤자 별다른 해결책이 없는 상황이다.

어떻게든지 이곳의 비밀을 파헤쳐야 한다. 양쪽에 내가 존재하고 있는 이유와 시간의 흐름이 얼마나 다른지 확인하려면 내가 이 세계의 완전한 주인이 되어야 한다.

"시작해 볼까?"

결심을 굳히고 자리에서 일어났다. 움직임과 동시에 나를 보호하던 놈들이 산맥을 향해 길을 연다.

"으음, 그런데 저건 뭐지?"

산맥으로 향하는 입구에 이곳을 떠나기 전에는 보지 못하던 것이 보인다.

"으음, 하르방같이 생겼군."

제주도에 있다는 돌하르방과 같은 모습을 한 놈이 나를 빤히 바라보고 있다.

"그 자식, 눈빛 한 번 더럽네."

조금은 아니꼽다는 눈빛으로 나를 바라보고 있다. 강한 지기가 느껴지는 것을 보니 수모와 같이 엘리멘탈일 가능성이 높았다. 적의는 없는 것 같아서 앞으로 갔다.

"넌 뭔데 그런 눈빛이냐?

[너 때문에 내가 이 모양 이 꼴이라서 그런다.]

뇌리를 울리는 맑은 의지가 느껴진다. 엘리멘탈이 맞는 것 같다. 그런데 나 때문에 이런 모양이라니, 무슨 소린지 알 수가 없다.

"무슨 말인지 모르겠는데?"

[네가 가지고 있는 기운이 하도 하찮아서 내가 이 모양일 수밖에 없다는 말이다.]

"뭐라고?"

[수모라고 불리게 된 년은 네가 가진 기운 때문에 제 모습을

찾았는데, 난 이게 뭐냐?]

질투하는 모습도 그렇고, 화를 내고는 있지만 전해지는 의지가 맑고 고운 것을 보면 여성체임이 분명하다.

'자존심이 센 것 같구나.'

짧은 몸체에 손을 허리에 척하니 얹은 모습이 우습기는 하지만, 웃어서는 안 될 것 같다. 그리고 고작 저런 이유 때문에 내 앞에 모습을 드러낸 것은 아닐 것이다.

"어이가 없군. 그것 때문에 내 앞에 나타난 거냐?"

[그건 됐고, 부탁 하나 하자.]

"부탁?"

[아이들에게는 이미 이야기해놨으니까 덤비더라도 살살 다뤄줘라.]

"살살 다뤄 달라고?"

[수모, 그년의 아이들처럼 하지 말아달라고 말하는 거다.]

"무슨 말인지 알겠군. 그런데 이게 부탁하는 거냐? 협박하는 거지."

[협박이 아니다. 부탁하는 거다.]

움찔하는 모습이 뭔가 꺼리는 것이 있나 보다. 아니면 부탁하는 것에 익숙하지 않거나 말이다. 아무리 봐도 후자 같기는 하지만, 만만하게 보여서는 안 될 것 같다.

"그게 부탁이라니, 내가 그렇게 우습게 보였나?"

[아, 아니다. 내가 널 어떻게 우습게 볼 수 있겠나.]

"좋아, 그렇다면 다시 한 번 정중하게 부탁을 해봐라. 그러면 생각을 좀 해보지."

눈살을 찡그리는 것이, 고민하는 빛이 역력하다. 그 모습이 귀여우면서도 우스워 재미있었다.

[부, 부탁드려요.]

더듬거린다. 고개를 잔뜩 숙인 모습이다. 한참 심각하게 생각하더니, 고민 끝에 자존심을 굽히기로 결심한 모양이다.

"좋아, 그렇게 하지."

[고, 고마워요.]

"그런데 너도 이름이 없나?"

[없어요. 세계의 주인인 당신이 정해주세요.]

"네 이름은 지모로 하자."

[지모요?]

"땅의 어머니라는 뜻이다."

[아!!]

탄성과 함께 지모의 모습이 바뀌기 시작한다. 신체는 커지지 않았지만, 수모와는 다른 느낌의 여성체로 변화했다.

"그게 네 본모습인가?"

[맞기는 하지만, 더 커야 해요. 당신이 가진 기운 중에 땅의 기운이 커져야만 저도 커질 수 있어요.]

"그렇군."

[고마워요, 본래 모습을 찾아줘서.]

"기분이 좋은 모양이군."

[아주 좋아요.]

지모가 살짝 눈웃음을 흘린다. 끈적거리던 수모의 웃음과는 다른 모습이지만, 의미는 같아 보였다.

"허튼 말 하면 가만 두지 않는다."

[아, 알고 있어요.]

"좋아, 알아듣는다니 다행이군. 그런데 아이들은 어디 있지?"

[산맥으로 가시면 볼 수 있을 거예요. 고집스러운 아이들이니까 헤아려 주세요.]

"알았다. 그런데 이놈들은 뭐지? 너와 같은 기운이 느껴지는데 말이야."

[제 아이들이 아니에요. 얼마 지나지 않아 그 아이들의 어머니가 모습을 보일 거예요.]

"너와 비슷한 존재인가 보군."

[만나면 조심하는 것이 좋을 거예요. 심통이 많이 나 있으니까 말이죠.]

"나에게 덤빈 놈들이 죽어 나자빠진 것 때문에 그런가?"

[그렇기도 하지만, 다시 태어나지 못하도록 당신이 가두어 버려서 그럴 거예요.]

"무슨 뜻이지?"

[세계의 주인에게 덤빈 것에 대해서는 대가를 치르는 것이 합

당한 일이지만, 다시 태어날 기회를 당신이 막았잖아요.]

"아!"

박살 낸 사체들을 내 아공간에 보관한 것 때문인 것 같다. 그것 때문에 다시 태어나지 못한다는 것을 보면, 내 아공간은 이곳 세계와 동떨어진 인과율이 적용되는 것이 분명하다.

[심통을 부리더라도 잘 봐주세요.]

"그건 그때 생각하도록 하지."

이곳 세계를 구성하는 기운들의 의지체라 하더라도 내 뜻에 반하면 용서할 생각이 없기에 대답을 미뤘다.

[알았어요. 하지만 잘 봐주시게 될 거예요. 우리 중 가장 예쁘거든요.]

"쓸데없는 소리를 하려거든 이만 사라져라."

[죄송해요. 제가 너무 주책없게 나섰나 보네요. 저는 이만 가볼게요. 땅이 있는 곳이라면 언제든지 불러주세요. 저는 언제나 당신 곁에 있어요.]

수모와 비슷한 말을 남기며 지모 또한 시야에서 사라졌다. 은은히 주변을 흐르는 지기를 보면 그녀가 말한 대로 언제든지 부를 수 있을 것 같다.

'그런데 수모를 별로 좋아하지 않나 보군. 강이 근처에 있는데도 수기라고는 찾아볼 수 없으니 말이야.'

바로 지척이 강이다.

하지만 내가 딛고 서 있는 땅 근처는 아예 물이나 수기가 존재하지 않는다. 지모가 차단을 시킨 것이 분명하다.

'지모의 아이들을 볼 수 있을 테니, 올라가 보자.'

산맥으로 향하는 길이 열려 있기에 천천히 올라갔다.

제일 아래쪽이지만 경사가 제법 되는 곳이다. 거의 45도 각도의 능선을 이루는 길을 따라 올라가니 커다란 바위들이 듬성듬성 있는 곳이 나타났다.

풀이나 나무라고는 하나도 찾아볼 수 없고, 황토에 바위뿐인 땅이었다.

'지모의 아이들이라는 것이 저것들인가?'

바위에서 제법 강한 지기가 느껴진다. 물속에 있던 것들과는 달리 혼자 지기를 독차지하지도 않고 주변에 골고루 나눠 주면서 있는 모습이 그리 나쁘지 않다.

'그렇지만 꽤나 삐딱한데……'

주시하는 느낌이 영 기분이 나쁘다. 지모의 영향인지는 모르겠지만, 나를 아래로 내려다보는 느낌이다.

'한판 붙어야 할 것 같군.'

지모가 심통을 부릴 것이라더니, 놈들이 움직인다.

우르르르.

타타타타탁!

작은 바위들이 굴러와 큰 바위에 붙어 얼굴이 되고 팔다리가 된다.

'골렘이라고 했던가?'

원소나 사물에 의지가 깃들어 스스로 움직일 수 있게 된 것이 엘리멘탈, 즉 정령이다. 그중에는 핵을 가지고 있는 것들도 더러 있는데, 그중 인간형의 이동체를 골렘이라고 한다고 들었다.

'후후, 날 깔보는 이유가 지기가 적기 때문인 것 같은데… 다른 것으로 상대하면 굴복하지 않을 테니……'

놈들을 상대하려면 지기를 써야 한다. 날 아래로 보는 이유가 지기를 적게 가지고 있기 때문이니 말이다.

충(衝), 단(斷), 난(爛)의 삼 격을 펼칠 준비를 했다. 찌르고, 자르고, 뭉개 버리는 기본적인 움직임만으로 놈들을 상대해 보기 위해서다.

"차앗!"

파파파파팡!

먼저 달려드는 놈들부터 가격을 시작했다. 쇠망치보다 강력해진 손과 발이 주가 되는 충과 단으로 바위 골렘의 팔과 몸을 가격하고, 온몸을 사용하는 난의 가격이 곧바로 뒤를 따랐다.

콰—직!

콰드드득!

바위 골렘의 팔이 떨어져 나가고, 몸체를 이루는 바위가 금이 갔다. 불과 1분도 되지 않아 육체만으로 바위 골렘을 부숴 버렸다.

부숴진 바위의 잔해 안에서 황토색의 구슬을 꺼내들었다. 바위 골렘의 핵이다.

지이이잉!

주먹 안에 들어온 핵을 말아 쥐자 반항하듯 떨어 댄다.

[부숴 버린다.]

의지를 보내자 곧바로 잠잠해진다.

다음 골렘에게 다가갔다.

콰득!

콰지지지지직!

처음과 마찬가지로 박살을 냈다. 이번에는 불과 30여 초 만에 놈들을 박살 내고 핵을 다른 손에 말아 쥐었다.

'재미있군. 이렇게 하니 지기도 흡수되고 삼 격의 위력도 더 강해지니 말이야.'

양손에 말아 쥔 핵 때문인지 지기가 외부에 휘돌기 시작하며 몸을 단단하게 만들었다. 강철 같은 몸 위로 한 겹의 막이 덧씌워진 것처럼 변해 버렸다.

더군다나 조금씩 지기가 흡수되고 있었다. 녹령이 빠르게 움직이며 피부를 통해 지기를 흡수해 나갔다.

콰콰콰쾅!

콰직! 콰드드드드득!

흥분해 몰려들고 있는 바위 골렘들을 차례로 부숴 나갔다.

하나를 부수는 데 채 20초도 걸리지 않았다. 부술 때마다 핵을 찾아내 쥐었다.

그렇게 한참을 채석장 광부 노릇을 했더니 주변에 남아 있는 골렘들이 없었다. 부숴진 바위들의 잔해만이 가득했다.

투툭!

쥐고 있던 핵을 놓아버렸다. 기운이 많이 빠진 탓인지, 진한 황토색의 핵은 이제 반투명하게 변해 있었다.

봐달라는 지모의 말이 없었다면 담겨 있는 기운을 모두 뽑아서 썼겠지만, 약속을 했으니 지켜야 한다.

"이제 좀 후련하군."

한참을 부수고 박살을 냈더니 속이 개운하다. 지하 실험실에서 그 계집에게 작살이 난 울화가 가시는 기분이다.

"아직도 그 모습으로 있을 것이냐?"

스르르르르!

소리를 지르자 부서진 바위들이 모인다. 처음 봤던 것보다 수십 배나 작아진 모습의 골렘이 만들어졌다.

'후후후, 저걸 골렘이라고 할 수 있을까?'

작은 어린아이만 한 크기의 골렘들이다. 한없이 두려운 눈빛으로 나를 바라보는 모습을 보니 헛웃음이 나온다.

"스스로를 잘났다고 생각하겠지만, 나는 너희들이 넘볼 수 있는 존재가 아니다. 앞으로 알아서 기도록."

땅 위에 서 있는 수십 개의 작은 골렘들이 바르르 떤다. 아무것도 하지 못하고 자신들이 가진 기운을 대부분 빼앗겼으니 그럴 만도 하다.

"그렇다고 엄마에게 이르지는 말고. 하하하하!"

바르르 떠는 골렘들을 뒤로하고 산맥 쪽으로 발걸음을 옮겼다. 올라가는 동안 드문드문 바위들이 보였지만, 뒤로 돌아앉은 듯 별다른 내색을 하지 않고 있었다.

제8장

8

산맥 앞에 도달했다.

내가 산맥이 아닌 산맥 앞이라고 칭한 이유는 산맥으로 올라가기 위해서는 눈앞에 있는 거대한 절벽을 타야 하기 때문이다.

"으음, 어마어마하군."

상층부는 구름에 가려져 보이지 않을 정도로 까마득한 절벽이다.

쉽게 올라가기 힘들어 보이지만, 그래도 해야 한다. 이 세계의 주인이 되기 위해서는 저 산맥 정상에 있는 무엇인가를 만나야 할 것 같기 때문이다.

산맥 쪽으로 다가갈수록 정상에 뭔가 있다는 사실을 느낄 수 있었다. 처음에는 느끼지 못했지만, 이 세계와 동화율이 높아져서 그런지 이제 희미하게나마 느껴진다.

"올라가기 전에 그놈들을 놔주고 가야겠다."

처음 이 세계에 왔을 때 박살 낸 후 아공간에 담아 두었던 것들을 꺼내야 했다. 그대로 두면 다시 살아나지 못한다고 하니 말이다. 의지를 싣자 아공간이 입구를 열었다.

투투투투툭!

"뭐지?"

쏟아지는 것들을 보니 내가 전에 집어넣은 것들이 아니었다.

분명 괴물 놈들의 사체를 쓸어 담아 넣었는데, 지금 튀어 나온 것들은 푸른색과 녹색이 감도는 구슬들이다.

"골렘의 핵과 비슷한 것들이군. 그럼 물의 엘리멘탈들은 무슨 색이지?"

푸른색과 녹색이 감도는 이 핵들은 아무래도 목기의 영향을 받은 듯했다.

'어쭈!'

핵들이 땅을 비집고 파고들었다. 완전히 땅속으로 파고든 뒤는 더 가관이다. 마치 새싹을 틔우듯 녹색의 가느다란 것들이 올라온다.

"흐음, 이렇게 다시 태어나는 건가?"

나무의 기운을 간직한 엘리멘탈들이 다시 태어나는 모습을 보니 강물 속에 있던 것들이 생각난다.

내가 박살 낸 물의 엘리멘탈들은 검은 조약돌 같은 것들로 변해 바닥에 가라앉았다.

수모가 나타나고 그녀의 영향 때문인지 검은 조약돌들이 작고 투명한 물고기로 변했던 것을 보면 핵이 부서지지 않는 한 다시 태어나는 모양이다.

"다시는 까불지 마라. 한 번 더 그랬다가는 아예 소멸시켜 버릴 테니까."

파르르르!

절벽 앞에 자라난 수많은 새싹들이 일제히 몸을 떤다.

"너희들의 모태가 누구인지는 모르지만, 말을 잘 전해야 할 것이다. 자신의 분수를 넘는다면 혹독한 대가를 치를 것이라고 말이다."

말을 마치고 절벽으로 돌아섰다.

까마득하게 높은 곳이라 올라가기 어렵겠지만, 그래도 올라가야 한다. 저 위에서 나를 기다리는 존재를 만나기 위해서는 어쩔 수 없다.

"가볼까?"

딛거나 잡을 틈을 살핀 후, 그것들을 이용해 절벽을 올라가기 시작했다.

거의 대부분의 기운이 봉인되었던 지구에서와는 달리 지금은 모든 기운을 다 쓸 수 있는 상태였다. 조금은 힘이 들겠지만, 정상까지 올라갈 수 있을 것 같다.

절벽을 타는 등산가처럼 천천히, 그리고 확실하게 올라갔다.

한 시간 정도 올라가자 어느 정도 요령이 생겼다.

절벽이 거의 수직에 가깝지만 잡고 디딜 곳은 얼마든지 있고, 올라갈 노선을 미리 머릿속에 그리며 빠르게 이동을 했다.

두 시간 정도 더 위로 올라가자 호흡하기가 어려울 정도로 공기가 희박해졌다.

"하아, 하아!"

'꽤 힘들군.'

히말라야의 고봉처럼 눈이 쌓여 있는 것은 아니라서 추위는 신경을 쓰지 않아도 괜찮았지만, 공기가 희박한 것은 고역이 아닐 수 없었다. 말하기조차 힘들 정도다.

"하아, 하아!"

'심법을 운용하자.'

피부로 기운을 호흡하는 심법이 도움이 될 것 같다.

지하 수로의 물속에서도 충분히 호흡을 유지하게 해준 심법이다. 기운을 돌리며 심법을 운용하자 호흡이 점차 안정되어 갔다.

'조금 편안해졌다.'

공기가 희박하기는 하지만 아예 없는 것은 아니라서 전신을 통해 흘러 들어오는 산소가 핏속에 녹아들어 상태가 많이 좋아졌다.

'그나저나 지랄 맞게 높구나.'

평지에서 천천히 걷는 정도의 속도로 움직인 것이라서 상당히 빨리 올라온 편이었다.

거의 수직으로 5㎞ 가까이 올라왔는데도 이제 겨우 절반 정도일 뿐이다.

'호흡은 해결이 됐고, 이제부터가 진짜다.'

갈수록 대기가 희박해질 것이기에 지금까지 올라온 것보다 힘이 들겠지만, 멈출 수는 없는 일이다.

타타탁!

다시 사지를 움직였다. 잡고, 디디며 빠르게 이동했다.

'이게 뭐지?'

심법을 운용한 탓인지는 몰라도 피부를 통해 흡수된 산소가 혈맥 속에 녹아드는 과정에서 다른 것들도 따라 들어오고 있는 중이다.

'으음, 여러 가지 기운이 섞여 있다.'

집중을 해보니 한 가지가 아니다.

'하나는 금속의 기운인 것 같고, 다른 것은 화기인 것 같은데… 이건 또 뭐지? 혼돈에 가까운 아주 특이한 기운이다. 으음, 이건……'

분류를 하다 보니 익숙한 기운이 느껴진다. 오행의 나머지 기운과 또 다른 하나의 기운이다. 오행과는 별개의 기운은 나도 잘 아는 것이다. 아니, 잘 알기 보다는 얼마 전에 확실히 느꼈던 것이다.

그 계집에게 한 방 먹일 수 있게 만들어준 기운이라 잊을 수 없었다. 녹색의 주사액을 맞고 느꼈던, 아저씨가 현기라고 말한 것이다.

'으음, 올라가는 것도 중요하지만 이것들을 흡수하는 것도 노력해 보자. 특히 현기라는 것은 아주 중요할지도 모른다.'

대부분의 기운이 봉인된 상태에서 마음대로 활용할 수 있던 것이라 현기를 흡수하는 데 더욱 집중했다.

나머지 금기와 화기도 중요한 것이라 집중을 하기는 했지만, 현기보다는 덜했다.

세 가지 기운을 흡수하는 속도가 빨라졌다.

의식을 집중한 터라 양도 훨씬 많아졌다. 이 때문에 올라가는 속도가 느려졌지만, 상관없다.

심법을 통해 기운들을 흡수하고 있어 몸이 회복되고 있는 상태라 올라가는 데는 문제가 없었다.

'더 집중해 보자.'

다시 정상을 향해 움직여 나갔다.

호흡에 집중하며 천천히 확실하게 올라갔다. 올라가면 갈수록 흡수되는 기운들의 양이 많아졌다.

한참을 올라간 이후에 잠시 멈춰 섰다. 사방이 어둠으로 물들고 있어서다.

'이곳에서 비박을 해야 하나?'

시간이 많이 지나서인지 해가 지고 있었다.

어두워진다고 해도 보이지 않는 것은 아니지만, 집중력을 높이기 위해 정신적으로 많이 지친 터라 지금은 쉬어야 할 때였다.

'후우, 점점 더 올라가는 속도가 떨어지고 있구나.'

중간에 심법을 운용하기 시작한 지 벌써 여섯 시간 정도가 지났다. 쉼 없이 올라왔지만 거리는 고작 1㎞가 조금 넘었다.

'여기서 쉬자.'

무리를 많이 했다. 육체적으로는 문제가 없지만, 정신적으로 많이 지친 상태다.

심법을 운용한 탓에 몸속으로 흘러 들어와 두 개의 내단과 합쳐지는 기운은 문제가 없지만, 따로 겉도는 현기가 문제였다.

퍼퍼퍼퍽!

손과 발을 절벽 속으로 찔러 넣었다. 나무를 끌어안고 올라가듯이 사선으로 깊숙이 찔러 넣은 탓에 힘을 빼도 절벽에 매달려 있도록 했다.

'이제 좀 쉬자.'

힘을 풀어도 떨어질 염려가 없기에 몸속에서 벌어지는 현상에 주목했다.

금기와 화기는 단전과 심장에 자리하고 있는 내단이 흡수하고 있는 터라 별다른 문제가 없는 상황이다.

그렇지만 현기는 다르다. 상단전으로 향하고 있는 것을 막고 있는 중이다.

'계속 막아야 하는 건지 모르겠군.'

정체를 알 수 없는 기운이다. 정신을 담당하는 상단전에 제어가 되지 않는 기운이 똬리를 튼다면 어떤 사태가 벌어질지 몰라 망설여진다.

'후우, 밤새 고민을 해봐야겠군.'

잠을 좀 자야 할 것 같다.

의식을 남겨둔 가수면 상태로 자기로 했다. 날이 새기 전까지 현기라는 놈에 대해 고민을 해야 할 것 같으니 말이다.

처음에는 오직 초지뿐이었다.

하루, 이틀이 지나고 사흘이 지났지만, 초지는 끝나지 않았다.

가도 가도 끝이 없는 초지를 따라 이동하면서 탱크와 제레미, 유리안은 금방 지쳐 버렸다.

허리춤까지 자란 초지에서 무엇이 튀어나올지 몰라 너무 긴장을 한 탓이었다.

"진짜 너무하는데요? 사흘이 넘게 이동을 했는데 이런 풀밖에 없는 곳이라니 말이죠."

"엄청난 초지다. 이동하는 속도가 그리 빠르지는 않지만 일반인이 걷는 속도보다는 훨씬 빠른데도 며칠째 이런 초지뿐이라니······."

불만 섞인 제레미의 말에 탱크는 시선을 멀리 두었다. 보통 사람보다 몇 배나 뛰어난 시력을 가진 그의 눈에도 초지 이외에는 보이는 것이 없었다.

"초지도 초지지만, 지금까지 아무것도 나타나지 않는 게 이상합니다."

"나도 그게 걱정이다. 도대체 뭐가 나타날는지······."

다른 세계로 진입한 탐색 팀이 가장 곤란을 겪는 것은 이세계의 몬스터들이다. 지구에서는 상상하기 힘든 엄청난 괴물들이 튀어나오는 곳이 바로 이세계다.

하지만 지금까지 풀 이외에는 아무것도 발견할 수 없던 터라 유리안을 바라보는 탱크의 눈이 어두워졌다.

"팀장님, 피곤한데 이제 좀 쉬죠?"

"그래, 좀 쉬도록 하자."

쉬지 않고 잠도 자지 않으며 걸어온 것이 사흘째다. 컨디션이 저하된 상태니 쉬어두는 것이 좋았다. 탱크는 제레미의 말대로 하기로 했다.

유리안이 허리에 찬 만도를 빼 들었다.

"휴우, 이제 좀 쉴 수 있겠군요. 주변은 제가 정리하겠습니다."

"수고해라. 경계도 게을리하지 말고."

"염려하지 마십시오."

촤아아악!

유리안은 만도를 휘둘러 쉴 장소를 정리하기 시작했다.

반경 50미터에 달하는 공터가 만들어졌다.

유리안이 주변의 풀들을 제거하며 시야를 확보하는 동안 제레미도 움직였다. 그는 등에 진 백팩에서 조리 도구들을 꺼내음식을 만들기 시작했다.

지난 사흘 동안 먹은 것이라고는 압축된 에너지 바와 물밖에 없기에 제레미의 손길은 아주 분주했다.

요리라고 해봐야 별다른 것은 없었다. 말려서 가루를 내고 소금으로 약간의 간을 한 후에 압축해 만든 쇠고기 바를 끓이는것이 전부였다.

화학 재료가 섞인 발열 팩에 물을 넣어 끓인 후에 준비한 재료를 넣으면 되는 일이었다.

물이 끓기 시작하자 쇠고기 바를 넣은 후 풀어지는 모습을 보던 제레미는 다시 에너지 바를 넣어 뚜껑을 닫고 익기를 기다렸다.

요리라고도 할 수 없는 음식이 다 만들어질 때쯤 유리안이 공터의 중심으로 돌아왔다.

"으음, 냄새 좋은데."

"이제 다 됐다. 후후후. 팀장님, 식사하시죠."

킁킁거리는 유리안을 보며 싱긋 미소를 지은 제레미는 탐지장치를 만지며 생각에 잠겨 있는 탱크를 불렀다.

"그래, 먹자."

다른 세계에 들어설 때면 가끔씩 먹는 전투식량이다.

두 사람은 제레미가 나누어 준 스푼을 들어 전투식량을 먹기 시작했다. 발열 팩 안에 들어 있던 죽은 순식간에 비워졌다.

'아쉽군. 하지만……'

다른 세계의 탐색은 대부분 일주일 안에 끝난다.

한 달 치의 음식을 준비해 들어가기에 언제나 푸짐하게 먹던 지난날과는 많이 달랐다.

식량이 떨어질지도 모르는 상황이라 아껴서 먹어야 한다. 지금도 한 사람이 먹을 분량밖엔 안 되는 것이지만, 다들 불만은 없었다.

"이제 좀 쉬자. 조금 있다가 잘 때는 한 사람씩 교대로 불침번을 본다. 나부터 시작해서 제레미와 유리안이 교대로 선다."

"그러면 일단은 센서부터 설치하는 것이 좋겠군요."

제레미는 곧바로 움직여 공터 외곽에 동작 감지 센서를 설치하기 시작했다.

사각형을 그리며 설치된 센서는 알람 장치와 연동하여 공터로 진입하는 것이 있을 경우 요란한 소리를 낼 것이다.

센서 설치가 끝난 후, 세 사람은 중심부에 앉아서 사방을 경계하며 휴식을 취했다.

"팀장님, 도대체 이곳은 어떤 세계일까요?"

"글쎄다. 지금까지 알아낸 것이라고는 무척 넓은 곳이라는 것이 다니 뭐라고 말할 수가 없구나."

"이렇게 넓은 세계를 탐색해 본 적이 있으세요?"

제레미의 질문에 탱크가 고개를 저었다.

"내가 지금까지 탐색한 것 중에 제일 컸던 것은 두 개 주를 합한 정도 크기였다. 너희들과 만나 테라 나인의 팀을 구성하기 전이었지."

"그럼 다른 조직에서 탐색한 곳 중에서 이 정도 크기가 있었나요?"

"이 정도 크기의 다른 세계는 세계 그 어느 곳에서도 발견된 적이 없는 것 같다."

"그럼 처음 발견된 것이로군요?"

"그럴 것이다. 발견된 세계가 각자의 영역이라 비밀로 한다고는 하지만 일정 부분은 알려져 있는데, 이런 크기가 발견되었다는 정보는 들은 적이 없으니 말이다."

"그렇군요."

"그나저나 걱정이다."

"뭐가요?"

"이런 세계에 살고 있는 존재들은 모두 영역을 가지고 있어서다."

"아!"

"이런!"

탱크의 말에 제레미와 유리안이 탄성을 질렀다. 탱크가 말한 것의 의미를 정확히 이해했기 때문이다.

지금껏 탐색에 참여하는 동안 가장 큰 영역권을 가진 존재들이라고 해봐야 겨우 도시 하나 정도였지만, 여기는 그 정도가 아니었다.

지금까지 지나온 길만 해도 상당히 긴 거리였다.

이 초원 지대도 누군가의 영역이라면 얼마만 한 존재일지 가늠이 되지 않았다.

한 시간에 대략 5㎞라고 가정하면 지난 사흘 동안 360㎞를 이동해 왔다. 오차를 감안한다고 해도 300㎞가 넘는 거리다.

이런 먼 거리를 왔음에도 풀 이외에는 아무것도 발견하지 못했다. 하다못해 작은 동물이나 곤충조차도 없었다.

그만큼 강력한 존재의 영역권이라는 것이나 진배없는 말이었다.

세 사람의 얼굴이 급격하게 굳어졌다.

"이 빌어먹을 초원이 끝나기 전에 놈을 만날 것 같은데, 어떤 존재일지 가슴이 떨리네요."

"솔직히 나도 겁이 난다. 영역권이 이 정도라면 티라노와는 비교조차 할 수 없는 거대 존재일 테니까."

"티라노라면… 팀장님도 그 작전에 참여했어요?"

"그래, 참여했지……."

탱크는 생각하기 싫다는 듯 고개를 흔들었다.

테라 나인이 구성되기 전에 티라노사우르스를 닮은 거대 괴물을 제압하는 작전에 참여한 적이 있었다. 티라노 파티라 이름이 붙여진 이 작전은 골든 게이트가 실시한 작전 중 가장 큰 규모였다.

하지만 골든 게이트가 사라질 뻔했을 정도로 큰 피해를 입은 작전이었다. 뉴욕 중심지 징도 크기의 영역을 가진 놈이었는데, 투입된 이능력자 1,000여 명 중 대부분을 희생시키고서야 간신히 쓰러트릴 수 있었다.

자신은 부상을 당해 다시 지구로 귀환했지만, 골든 게이트에서는 당시 그 세계를 점령하는 데 엄청난 전력을 소모했다.

투입된 1,000여 명의 능력자 중에 살아서 돌아온 자가 겨우 300여 명밖에 안 될 정도였다. 골든 게이트가 휘청거릴 정도의 타격이었다.

새로 점령한 세계로부터 얻은 것들을 이용해 남은 이능력자들이 강력한 힘을 얻지 못했다면 다른 조직들에게 짓밟힐 수도 있을 만큼 엄청난 타격이었다.

하이 리스크, 하이 리턴이라고는 하지만 그것은 의미 없는 일이었다.

아무리 두들겨도 쓰러지지 않고 동료들을 죽여 나가던 티라노의 모습은 아직도 탱크에게 두려움으로 남아 있었다.

"너희들은 모르겠지만, 뉴욕 시 정도 크기를 영역으로 가진 놈에게 능력자 70퍼센트가 몰살을 당했다. 당시 나도 작전에 참여했는데, 거의 죽다 살아났다. 그 세계를 점령하고 능력이 강화되지 않았다면 움직일 수조차 없었을 정도로 큰 부상을 당했다. 이 영역을 관장하는 존재가 언제 나타날지 모르겠지만, 절대 맞상대해서는 안 된다. 피해가는 것이 최선이니 제레미 너도 섣불리 나서지 말도록 해라."

"예, 팀장님."

다른 때와는 달리 창백한 안색으로 다짐을 하는 탱크의 모습에 제레미는 바짝 긴장한 어조로 대답했다.

'팀장님께서도 그 작전에 참여하셨구나.'

제레미도 골든 게이트 역사상 가장 큰 성공이자 가장 큰 패배로 기록된 피의 게이트 사건을 잘 알고 있었다.

골든 게이트에 들어오면 제일 먼저 교육하는 것이 바로 피의 게이트 사건이기 때문이었다.

'교육을 받을 때는 피해 규모를 자세히 말해주지 않던 것을 보면, 생각한 것보다 엄청났던 것이 틀림없다.'

교육 받을 당시에는 그저 역사의 한 부분이려니 했지만, 지금은 아니었다.

자신이 존경하는 최고의 능력자인 탱크의 안색이 변할 정도라면 도저히 상대할 수 없는 뭔가가 있는 것이 분명했다.

"지금부터 자기 전까지 자신의 능력을 점검해라. 생각보다 영역이 넓은 만큼 몸 상태를 최적의 상태로 만들어야 한다. 그리고 내일부터는 이 영역권을 빠져나갈 때까지 음식도 정상적으로 섭취한다."

"알았어요."

"알겠습니다."

탱크가 말한 뜻은 명확했다. 몸 상태가 최적을 유지하지 못하면 피하지도 못한다는 의미였다.

제레미와 유리안은 얼마 전부터 배우기 시작한 가부좌를 틀고 자신들의 능력을 점검하기 위해 눈을 감았다.

'입으로 브레스를 뿜어내고 몇 백 미터를 순간적으로 움직이는 거대 괴물을 상대한다는 것이 어떤 일인지 너희들은 모를 것이다.'

자신들의 능력을 점검하는 두 사람을 보며 탱크는 안쓰러운 생각이 들었다.

한 번 자신의 영역에 들어온 것들은 절대 놓치지 않는 존재들이다. 영역권을 벗어나기 전에 이곳을 장악한 존재를 만나게 될 것이 분명했다.

'어떻게 해서든지 기회를 만들어줄 것이다. 너희들은 아직도 살날이 많이 남아 있으니 말이다.'

동료이면서 제자이기도 한 두 사람을 반드시 살리겠다는 의지를 다지며 탱크 또한 자신의 능력을 점검했다.

가슴에 무거운 돌덩어리를 얹어놓은 것 같은 오늘 밤은 세 사람에게 아주 긴 밤이 될 것이다.

손발을 절벽 속에 박아 넣고 가수면 상태를 유지하는데 이상한 일이 발생했다.

금기와 화기가 물밀 듯이 밀려 들어와 버린 것이다.

아니, 밀려 들어오는 것이 아니었다. 단전과 심장에 휘도는 내단이 강제로 빨아들이고 있었다.

'마치 모기가 된 기분이다. 하지만 나에게는 행운이다.'

피부에 달라붙어 침 같은 주둥이를 박아 넣고는 피를 빼는 모기 같은 모습이다. 그것도 침이 네 개나 되는 모기 말이다.

무극지에서 흡수한 수기는 저리 가라 할 정도였기에 맹렬히 심법을 운용했다.

기운이 범람해 몸이 상할 우려 때문이다.

'다행스럽게도 무리가 가지는 않는구나.'

흡수되는 기운들이 의지에 따라 자연스럽게 움직이다가 내단에 빨려 들어가고 있다. 내단들은 더욱 밀도가 높아지고 단단해지면서 천천히 크기를 키워갔다.

'으음, 금기와 화기뿐만이 아니구나.'

금기와 화기에 비할 바는 아니지만, 목기도 상당히 많은 양이 흡수되고 있다. 미약하게나마 지기와 수기까지 흡수된다.

'이곳은 도무지 모를 세계다. 스승님께 들은 것과는 완전히 다르니 말이다.'

다른 세계에는 무시무시한 괴물들이 존재한다고 들었다. 이면 세계의 조직들이 혈안이 돼서 확보하려는 것도 괴물들이다.

능력자들이 가장 원하는 것은 지하에 매장되어 있는 자원보다 괴물들을 죽이고 나오는 핵들이다. 능력을 업그레이드할 수 있는 자원이기 때문이다.

게이트 내부에서 간혹 발견할 수 있는 특별한 유물들을 제외하고는 괴물의 핵이 게이트를 차지하려는 주된 이유였다.

그런데 이 세계는 다르다.

목기를 가진 아이들을 처음 만났을 때 괴물이라고 생각했지만 아니었다. 괴물들과는 달리 이지를 가지고 있고, 생물체가 아니라 자연체였다. 괴물들은 아예 만날 수도 없고, 엘리멘탈들만 있는 상황이 이해가 가지 않는다.

내가 들었던 다른 게이트와는 확실히 다르다.

그리고 이토록 엄청난 자연지기가 어째서 이렇게 모여 있는 것인지 정말 알 수가 없었다.

스승님께 들은 것과는 상황이 많이 다르다.

"크으!"

생각을 이어가자 바늘로 찌르는 것 같은 고통이 갑자기 찾아왔다.

봉인이 강제로 해제되려 하기 때문에 일어난 현상인 것 같다.

'역시, 스승님께서 내게 뭔가를 하신 것이 분명하다.'

무엇을 봉인했는지 모르지만, 스승님을 믿는다. 자신의 모든 것을 주신 분이니 결코 내게 해가 되는 일은 아닐 것이다.

'그나저나 시간이 벌써 많이 지났나 보군.'

고통이 잦아들자 따뜻한 햇살이 등 뒤에서 느껴진다. 자연지기를 빨아들이느라 생각이 많았나 보다. 시간이 이렇게 흐른 줄도 모르고 있었다니 말이다.

'슬슬 움직이자.'

아침의 햇살을 받으며 심법을 운용하는 것을 중단하고 정신을 깨웠다.

주변에 신경을 쓸 수 없을 정도로 기운을 흡수하고 있었는데, 다행스럽게도 밤사이 이상은 없었다. 심법을 운용한 상태에서 가수면을 유지하고 있어 무슨 일이 있더라도 즉각 대처했겠지만, 별다른 일이 없어 다행이다.

오늘은 반드시 정상까지 올라가야 할 텐데, 체력을 비축할 수 있었다.

"후우!"

'준비는 끝났고, 이제 올라가 볼까?'

우드득!

오른손을 뻗어 위에 나 있는 홈을 잡았다. 그러고는 왼손을 뻗어 다시 홈을 잡은 후 양발을 뻗어 디뎠다.

양손으로는 파인 홈을 잡고 한 걸음씩 발걸음을 옮겨 위로 올라갔다.

타타타탁!

속도가 어제보다 빨라졌다. 옆으로 보면 마치 네발 달린 짐승

이 달리는 것 같은 속도다. 전신 근육을 이용하는 것이 능숙해졌기 때문이다.

보이는 것과 동시에 홈을 잡고 양손과 양발로 달리듯이 위로 올라갔다.

'이 정도 속도면 정상까지 반나절이면 도착한다.'

혹시라도 부실한 홈을 잡으면 그대로 떨어질 수도 있기에 정신을 집중해 위로 치달렸다.

날랜 산양이 절벽을 오르듯 속도가 점점 빨라졌다. 점점 빨라지는 속도로 인해 반나절이 되기 전에 정상에 다다를 수 있었다.

"이곳은 공기가 다르군."

거의 10,000미터에 달하는 거대한 절벽 위는 올라올 때와는 달리 숨을 쉬기가 편했다.

"저것들 때문인가 보군."

산맥의 최고봉인 절벽의 끝은 거의 평지로 이루어졌다. 그리고 그 평지에는 울창한 수림이 펼쳐져 있었는데, 싱그러운 냄새가 수림에서부터 흘러나왔다.

"지구에서의 상식은 통용이 되지 않나 보구나."

높이 올라갈수록 대기가 희박해지고 온도가 내려가는 것이 지구의 상식이다. 그런데 이곳은 전혀 다른 세상이다.

10,000미터에 가까운 고봉 위에 밀림에 가까운 수림도 있고, 날씨가 온화하기까지 하다.

"엘리멘탈 때문에 이런 현상이 발생할 수도 있다니, 정말 대단하다."

가슴을 상쾌하게 만드는 수림에서 강한 목기가 느껴진다. 처음 이곳에 들어왔을 때나 올라오기 전에 놔주었던 놈들보다 더 진하고 많은 목기다.

천천히 걸어서 앞으로 갔다. 수림에 무엇이 있을지 몰라 경계를 게을리하지 않았다.

"왔으면 말하지그래?"

수림 초입에 이르자 강력한 기운이 느껴져 말을 건네며 뒤돌아섰다. 연한 녹색 기운을 흘리며 하늘거리는 몸매의 미인이 서 있었다.

[아이들을 풀어줘서 고마워요.]

"덤비지만 않았으면 그런 일도 없었을 것이다."

[알고 있어요. 당신을 화나게 했다는 것을요. 아이들이 몰라서 그런 것이니 이해해 주세요.]

"이해한다니 다행이군. 화가 났다고 들었는데 말이야."

[당신이 아이들을 풀어주어서 화는 이미 풀렸어요.]

"후후후, 그런가?"

[세계의 주인인 당신에게 미움 받고 싶은 생각도 없고요.]

"아주 현명한 생각이로군. 나는 이만 저곳으로 가야 하니 그만 돌아가도록."

[잠깐만요. 나에게는 이름을 주지 않을 건가요?]

"너도 이름을 바라는가?"

[당신이 이름을 주셔야 온전한 권능을 발현할 수 있으니, 당연히 받고 싶어요.]

"지금부터 너의 이름은 초모다. 풀의 어머니라는 뜻이다. 받아들일 건가?"

[고마워요. 좋은 이름이네요.]

"내게 반하지 않는 한 네 아이들이 상할 일은 없을 것이다. 이것만 명심하도록."

[알고 있어요. 아이들도 잘 따를 거예요.]

"아까 말했듯이 나는 저곳으로 가야 하니 이만 돌아가도록 해."

[그럴게요.]

초모의 몸이 흐려지기 시작했다.

'수모와 지모처럼 다른 말을 하지 않아 좋군.'

[언제나 곁에 있을게요. 몸조심해요, 자기.]

헉!

젠장, 자기라니!

뒤통수를 맞은 기분이다. 한마디 하고 싶어도 이미 존재감이 사라진 뒤다.

의지를 가진 기운들이 인간을 배우자로 생각하다니, 정말 미친 세계다.

'하지만 저러는 이유가 있을 것이다. 지금 내 모습이 정말 나

인지도 의문이고······.'

수모와 지모, 그리고 이번에는 초모까지!

무엇 때문에 나를 배우자로 인식하는 것인지는 몰라도 한 가지는 확실하다.

내 존재가 지구와 이곳에 동시에 존재한다는 것은 이 세계의 시스템과 밀접한 연관을 가지고 있을 것이다.

엘리멘탈의 근원이라고 할 수 있는 세 존재가 나를 배우자로 인식하는 원인도 아마 거기에 있을 것이다.

'무조건 이 세계의 시스템을 움직이는 아카식 레코드를 읽어야 한다. 이곳의 우주와 세계의 근원인 아카식 레코드라면 모든 것을 설명해 주겠지. 하지만······.'

인과율을 움직이는 시스템에 기록되어 있는 정보가 아카식 레코드다. 언령으로 기록된 아카식 레코드는 시스템 그 자체라고도 말할 수 있다.

정말 골치 아픈 일이 아닐 수 없다. 신의 언어라고 일컬어지는 아카식 레코드를 읽는 것은 결코 쉽지 않은 일이기 때문이다.

나는 이 세계를 귀속시켰다. 그렇다고 세계의 주인이 된 것은 아니다. 진정한 주인이 되기 위해서는 이 세계의 시스템을 이해하는 까닭이다.

어려울 것 같지만, 생각해 보면 그다지 어려운 일도 아니다. 이 세계와 연결이 된 상태라 자격만 얻으면 시스템이 기록한 아카식 레코드에 접근할 수 있기 때문이다.

그러면 만사가 끝이다. 내가 아카식 레코드를 공부할 필요는 없다. 연결만 된다면 불가의 염화미소처럼 그냥 저절로 알 수 있으니 말이다.

문제는 이곳과 연관된 세계가 일곱 개며, 모두 나에게 귀속되어 있다는 것이다.

세계와 세계를 연결하는 시스템은 무척이나 복잡하다. 세계의 주인이 된다고 해도 내 스스로 의식할 수 있는 범위를 아득히 넘어선다.

이런 시스템을 움직이는 아카식 레코드에 접근하기 위해서는 엄청난 자격이 필요할 것이다.

'어렵기는 하겠지만, 도전해 볼 가치는 있다. 어쩌면 그 자격을 얻기 위해서 지구와 이곳에 나라는 존재가 동시에 있는 것일지도 모르니까.'

마음이 한결 편해진다. 이제는 앞으로 나가기만 하면 되니 말이다.

'들어가 보자.'

천천히 수림으로 들어섰다. 녹색의 잎들이 우거진 수림 안으로 들어서자 진한 목기가 느껴진다.

'어제저녁에 흡수된 목기가 이 수림 때문인가 보군. 계속해서 심법을 운용하고 있자.'

초모의 영향 때문인지는 모르지만 아주 진한 기운이다.

움직이면서 심법을 운용하는 것은 이미 익숙하다. 효율은 떨어지지만, 조금씩이나마 주변의 기운을 흡수하니 하지 않는 것보다는 훨씬 낫다.

절벽 아래에서와는 달리 스스로 길을 열지는 않지만, 이동하는 데는 지장이 없다.

나무와 나무 사이가 꽤나 넓은데다가 바닥도 풀이나 관목 같은 것이 자라지 않아 걸리는 것이 없었다.

'역시, 생명체는 없어.'

한참을 지나왔는데도 작은 동물이나 곤충들을 하나도 찾아볼수가 없다.

게이트를 탐색하는 자들이 독사나 모기 같은 것으로 인해 곤란을 많이 겪는다는 이야기를 들었는데, 역시나 특이한 세계다.

수림을 헤치고 나아가는 동안 어느새 밤이 찾아왔다. 밤이고 수림 안이라고는 하지만, 그다지 어둡지는 않다. 약하지만 은은한 빛무리가 나무들로부터 흘러나오고 있었기 때문이다.

'야광나무 같군.'

아주 약한 빛이다. 그렇지만 나무들이 전부 빛을 흘리고 있어어둡지 않게 앞으로 나아갈 수 있었다.

'끝인가?'

거의 반나절 이상을 걸었고, 어느새 수림을 벗어난 것 같다.

"으음……."

수림을 벗어나자 초지가 보인다. 상당히 넓은 평지가 눈앞에 펼쳐졌다. 중심부에는 커다란 호수가 있었고, 그 가운데에 거대한 구멍이 있었다.

"열기가 흘러나오지 않는 용암이라니……."

호수는 물이 아닌 용암으로 차 있었다. 열기라고는 전혀 느껴지지 않는 용암이었다.

그리고 중앙에는 깊이를 알 수 없는 홀이 보였다.

도넛 모양의 용암 호수의 안쪽에 구멍을 감싼 100미터 정도 너비의 금속 테두리가 쳐진 특이한 모습이었다.

"땅에 구멍이 뚫린 것은 싱크홀이고, 바다에 나 있는 것을 블루홀이라고 하던데, 저건 용암 속에 나 있으니 레드홀이라 불러야 하나? 그런데 뭔가 좀 이상하군."

열기가 하나도 없는 용암도 이상한데, 검은 구멍에서 흘러나오며 꿈틀거리는 기운도 이상하다.

아저씨가 주사기로 집어넣은 녹색의 주사액으로 인해 얻을 수 있던, 현기와 같은 것이었다.

'나를 끌어당겼던 것은 저 구멍 속에서 흘러나오는 기운이 분명한데…….'

확인을 해보고 싶지만 쉽사리 안으로 들어갈 수는 없다. 열기가 없다고는 해도 명색이 용암이니 말이다.

어느 정도 이유를 짐작할 수는 있지만, 만약의 경우라는 것이 있었다.

지금까지 만났던 엘리멘탈들이 전부 나에게 덤볐으니 이 안에 무엇이 있어 나에게 덤빌지 알 수가 없기 때문이기도 했다.

화르르르!

건너야 할지 말아야 할지 결정을 하지 못하고 있는데 화염이 솟아오른다. 가운데 구멍에서 솟아오른 화염은 천천히 내게 다가왔다.

'피닉스?'

화염이 새 모양이다. 전설에 나오는 피닉스 같다. 달리 죽지 않는 새라고 해서 불사조라 불리는 영물 말이다.

'화염의 엘리멘탈은 저거 하나뿐인가? 분명히 수모와 비슷한 존재인 것 같은데, 어째서 저런 모습이지?'

수모와 지모, 그리고 초모는 인간형의 엘리멘탈이었다. 비슷한 유형이어야 할 텐데, 동물형의 모습을 하고 있는 것이 의아했다.

더군다나 엘리멘탈이 가지고 있어야 할 불의 기운이 하나도 느껴지지 않았다.

'다른 존재들은 없다.'

지금 날개를 펄럭이고 있는 피닉스 이외에는 화기의 엘리멘탈이 하나도 없는 것도 이상했다.

화르르르르!!

용암 호수 중앙에 나 있는 구멍에서 갑자기 불길과 함께 열기가 솟아오른다.

'엄청나게 뜨겁군.'

방금 전까지 열기가 없었다고는 믿어지지 않을 만큼 굉장한 열기가 주변을 감싸기 시작했다.

날개를 펄럭이며 허공에 떠서 나를 지켜보는 피닉스를 마주한 채 바라보며 심법을 극한으로 운용했다.

"네가 불의 어머니인가?"

우우우우우웅!

이전과는 달리 대답 대신 진동이 전해져 왔다.

'뭔가 문제가 있군.'

피닉스의 눈에서 다급함이 느껴졌다. 뭔가 문제가 생긴 것이 분명하다.

"내가 질문하면 곧바로 대답을 해라. 저기서 솟아 오른 불길이 문제인 건가?"

구멍에서 맹렬하게 치솟는 불길을 가리키며 물었다.

우우우웅!

대기를 가르는 진동을 통해 내가 묻고 있는 것이 틀리지 않았음을 알 수 있었다.

"저 불길을 끄면 되는 건가?"

우우웅!

이번 진동에서 느껴지는 것은 그래서는 안 된다는 것이었다.

"그럼 저 불길을 어떻게 해야 하지?"

화르르르르!

내 질문에 날아오른 피닉스는 화염 쪽으로 가서 한 바퀴 돌더니, 용암 호수 안으로 들어갔다가 나왔다. 그것을 두 번 반복하는 것을 지켜본 나는 그것이 무슨 뜻인지 알 수 있었다.

'저 불길을 용암 호수 속으로 인도해 달라는 이야기로군.'

될 수 있을지는 모르겠지만 해야 할 것 같다. 피닉스에게서 느껴지는 초조함이 나를 용암 호수 속으로 떠밀었다.

호흡을 유지하며 호수 안으로 들어갔다. 예상한 대로 하나도 뜨겁지가 않다. 화기가 전혀 없는 탓이다. 헤엄을 치며 중심부에 있는 싱크홀로 다가갔다.

화르르르!

거친 화염을 토해내는 싱크홀에 다가가 솟아오르는 화염 속으로 손을 집어넣었다. 어쩐지 그래야 할 것 같아서였다.

몸에 불이 붙었다. 불이 붙었지만 타지는 않는다. 일반적인 불길이 아니기 때문이다. 생각대로 솟아오른 화염은 화기의 정화였다.

'뜨겁기는 하지만 견디지 못할 정도는 아니다.'

불길이 내 몸을 타고 용암 호수 속으로 스며들고 있다. 화기의 정화라서 그런지 용암 호수가 점점 뜨거워지고 있었다.

화르르르르!

붉은 화염이 푸르게 변하더니, 이어서 하얀빛으로 변화해 갔다.

"크으으윽!"

나도 모르게 신음을 흘렸다. 견디기 힘들 정도로 뜨거운 열기 때문이었다.

용암 호수가 죽 끓듯이 끓어올랐다. 부글거리는 용암 호수 깊은 곳에서 뭔가가 꿈틀거리기 시작했다.

'으음, 핵이 생성되다니……'

용암 호수 깊은 곳에 생겨난 것은 엘리멘탈로 변하기 직전의 화기가 집약된 핵들이었다.

'알 같은 것인가?'

머리 위에서 맴돌고 있는 피닉스에게서 초조감이 사라졌다. 무사히 해산을 마친 어미와 같은 느낌이다.

'그런데 이건 또 뭐지?'

화기가 집약된 핵들 사이로 다른 것들이 느껴진다. 강인하고 단단함이 느껴지는 기운이다.

'혹시……'

지금까지 만난 것은 지기, 수기, 목기, 그리고 화기다. 어쩌면 마지막 남은 오행지기인 금기일지도 몰랐다.

화기의 핵들이 수도 없이 생겨나는 가운데 묵직함이 느껴지는 기운들이 뭉쳐져 하나를 이루기 시작했다.

쩌저정!

투투투툭!

갑자기 맺혀진 기운들은 그 무게 때문에 용암 호수 바닥으로 가라앉았다.

'이제 끝인가?'

레드홀에서 흘러나오는 열기가 사라지고 있었다. 용암 호수와 경계를 이루던 곳도 조금씩 허물어져 레드홀로 용암들이 쏟아져 들어가기 시작했다.

'이대로 있다가는 빨려 들어간다.'

깊이를 알 수 없는 레드홀로 빨려 들어갈 수 있기에 헤엄쳐 바깥으로 빠져나갔다.

"후우!"

용암 호수 바깥으로 나온 후, 한숨이 절로 나왔다. 빨려 들어가는 속도가 갑자기 빨라져서 있는 힘을 다해야 했기 때문이다.

용암 호수가 점점 줄어들고 있다. 밑 빠진 독처럼 용암 호수는 빠르게 바닥을 드러냈다.

'핵들은 저 안으로 쓸려 들어간 모양이군.'

핵들이 뭉쳐지는 것을 느꼈는데 바닥에 보이는 것이 하나도 없다. 용암을 따라 구멍 속으로 빨려 들어간 모양이다.

그렇게 용암 호수를 바라보다 날고 있는 피닉스에게 시선이 미쳤다.

'젠장!'

새의 모습은 온데간데없고, 타오르는 화염으로 몸을 감싸고 있는 요염한 아가씨의 모습이 보였다.

[걱정하지 말아요. 아이들은 무사할 거예요.]

"그것이 네 본모습이냐?"

[그래요. 아이들을 무사히 태어나게 해줘서 고마워요.]

"그런데 무슨 일이지?"

[세계에 구멍이 생겼어요.]

"세계에 구멍이 생기다니, 그게 무슨 뜻이지?"

[원인은 잘 몰라요. 하지만 가끔씩 균형이 맞지 않을 때 구멍이 생기고는 해요.]

"그걸 막느라 아이들을 도울 수가 없던 것이로군."

[그래요. 구멍을 막느라 힘을 거의 다 쓴 탓에 아이들을 도울 수가 없었어요. 당신이 아니었다면 아이들이 태어나지 못했을 거예요. 정말 고마워요.]

"다행이로군. 그런데 다른 아이들도 태어난 것 같던데?"

[모두가 당신 덕분이에요. 그에 관해서는 다른 존재가 말해줄 거예요.]

"알았다."

[그리고…….]

말끝을 흐리는 것을 보니 다른 존재들과 같은 이유일 것 같다.

"너도 이름을 받고 싶다는 뜻인가?"

[그래요.]

"네 이름은 화모다. 그렇게 알도록."

[고마워요.]

화르르르르르!

화모의 몸을 감싸고 있던 화염이 거세게 타올랐다.

"쓸데없는 짓은 하지 말고 돌아가도록 해라. 많이 지친 것 같으니 말이야."

일렁이는 화염 속에 농염함이 가득한 알몸이 보였다. 일부러 그러는 것 같아 한마디 했다.

[알았어요. 언제나 당신 곁에 있을게요.]

팟!

불쑥!

화모가 사라지는 것과 동시에 용암이 사라진 호수 바닥으로부터 뭔가가 솟아올랐다.

제9장

9

검은색의 금속 재질로 만들어진 동상이 호수의 중심부에 서 있었다. 조금 전까지 레드홀이 있던 자리였다.

'완전히 동상이로군.'

정교하게 만들어진 동상과 같은 형상이지만 움직인다는 것이 달랐다.

[고마워요. 당신 덕분에 제 아이들도 무사히 태어났어요.]

"그런 것 같더군."

[저에게도 이름을 주실 건가요?]

"아무래도 그래야겠지. 뭐든지 공평해야 하니까 말이야."

[고마워요.]

"네 이름은 철모라 하자."

[그런가요? 이름이 좀 그렇기는 하지만 고맙게 받을게요.]

화아악!

환한 빛과 함께 철모의 색깔이 바뀌었다. 은빛으로 빛나는 모습이었다.

'사람하고 똑같군.'

옷자락 하나 걸치지 않은 알몸의 모습이다.

얼마나 섬세하게 표현을 했는지 은빛만 아니라면 사람이라고 여겨질 정도였다.

"다음부터는 옷이라도 입어라. 그런 모습을 별로 좋아하는 편이 아니니 말이다."

[아, 알았어요.]

철모의 전신이 잠깐 붉어지는 것 같더니, 이내 땅속으로 사라졌다.

[전 언제나 당신 곁에 있어요.]

사라지면서 한마디를 잊지 않는 철모였다.

"이로써 오행의 기운을 모두 얻은 건가?"

현실 세계에서는 어떨지 모르겠지만, 내가 귀속시킨 세계에서는 오행의 기운을 모두 얻은 것 같다.

"비록 다른 세계이기는 하지만 스승님이 내게 전수해 주신 것을 이제야 온전히 익힐 수가 있겠구나."

현실 세계와는 다르지만 스승님이 남기신 진전을 익힐 수 있다는 사실이 실감나지 않았다.

기분 좋은 일이다. 현실의 나에게도 이곳에서의 진전이 도움될 것이기 때문이다.

싱크홀이 자리했던 곳에 가부좌를 틀고 앉았다. 스승님의 진전을 수련하기 위해서다.

호흡을 시작하자 오행의 기운이 전신을 넘나든다.

단전과 심장에 자리한 내단이 오행의 기운을 빨아들이고 내뿜기를 반복한다.

청량감이 물씬 휘몰아친다. 태어나 처음으로 느껴보는 느낌이다.

다섯 가지 기운이 뭉치고 흩어지기를 반복하다가 어느새 하나가 되어간다.

하나가 된 기운은 몸의 중심선을 따라 휘돌더니, 이내 머리 쪽으로 방향을 잡고 움직인다. 내단이 형성되며 만들어진 길을 따라 머리 쪽으로 몰려든 기운들이 벽에 부딪친다.

그러나 막힌 것도 잠시, 관문을 부숴 버린 기운들이 머릿속으로 밀려들며 휘돌아 뭉치며 또 하나의 내단을 형성하기 시작했다.

세상에 다시없을 강렬한 쾌감이 전신을 지배한다. 쾌감이 증가할수록 머릿속에 만들어진 내단이 커져 갔다.

점점 몸집을 불려가는 내단에 집중했다. 심장과 단전에 자리를 잡은 내단과 같은 크기로 불어나는 것은 금방이었다.

크기가 같아지자 오행의 기운이 물밀듯이 들어온다. 세 개의 내단은 공조를 이루며 휘돌며 밀려 들어오는 기운들을 흡수해 나갔다.

'이제 끝났나 보군.'

얼마나 시간이 지났는지 모르겠지만, 내단이 기운을 흡수하는 것을 멈췄다.

'전보다 작아졌지만 확연히 달라졌다.'

내단의 크기는 훨씬 작아졌지만 엄청난 밀도로 압축이 되어져 있었다. 압축되어진 정도로 봤을 때 전에는 풍선이라면, 이제는 단단한 쇠공이다.

"으음!"

운기를 마치고 눈을 뜨자 주변이 바뀌어 있었다. 놀랍게도 나는 허공에 떠 있었다.

"이렇게 변하다니……."

운기를 하느라 주변이 변화하는 것을 느끼지 못한 것 같다. 용암이 사라져 버린 호수 바닥에 물이 차오르는 것도 몰랐으니 말이다.

변화는 그것만이 아니다. 싱크홀이 있던 자리에는 검은색의 금속으로 이루어진 섬이 생겨나 있었다.

섬 안에도 붉은 화염에 휩싸인 자그마한 용암 연못이 생겨났다.

대지와 그 위에 자라는 울창한 수목, 그리고 호수 속에 솟아난 금속으로 이루어진 섬과 그 안에 자리한 용암 연못까지, 오행의 기운이 한자리에 모여 있었다.

"한곳에 모두 모여 있다니, 놀라운 일이로군."

파파파파팟!

말이 끝나기 무섭게 내가 이름 붙인 엘리멘탈들이 한꺼번에 눈앞에 모습을 드러냈다.

"어떻게 된 거지?"

내 물음에 가운데 있던 지모의 의지가 전해져 왔다.

[당신의 힘이 작용해 틈이 모두 메워졌고, 세계의 귀속이 온전히 이루어졌어요.]

"이제는 진짜 주인이 된 건가?"

[그래요. 이제부터 당신의 의지에 따라 세계의 운명이 흐르게 될 거예요.]

"아카식 레코드에 접근할 수 있게 된 모양이군."

[알고 계셨군요. 이곳과 연결된 세계뿐이기는 하지만, 이제부터 당신은 아카식 레코드에 직접적으로 간섭을 할 수 있어요.]

"아카식 레코드에는 어떻게 접속할 수 있지?"

[의지만 가지시면 언제든 접속이 가능해요. 그러지 않아도 그러길 권하기 위해 왔어요. 세계의 시스템을 이해하기 위해서는 반드시 접속을 하셔야 하니까요.]

"의지도 필요하지만 너희들도 있어야 하는 모양이군."

[그래요. 우리가 바로 아카식 레코드에 접속할 수 있는 키워드니까요.]

"알았다. 그럼 접속을 해보도록 하지."

[조금만 기다려요.]

지모의 의지가 전해지는 것이 끝나기 무섭게 다섯 엘리멘탈들이 나를 감싸며 손을 마주 잡았다.

[의지를 일으키세요. 곧바로 아카식 레코드에 접속할 수 있을 거예요.]

"그러지."

지모의 의지대로 강하게 접속하기를 원했다. 그러자 어디론가 빨려 들어가는 느낌이 들더니, 눈앞에 있는 풍경이 순식간에 바뀌었다.

'저게 아카식 레코드인가?'

검은 공간 속에 무지개 색으로 빛나는 구체가 있었다. 내 몸은 보이지 않고, 그저 마주하고 있다는 느낌만 들었다.

나도 모르게 무지개 색의 구체에 손을 가져다 댔다.

"크아아아악!"

엄청난 것이 쏟아져 들어왔다.

그것은 세계에 대한 정보였다.

세상 전부를 인식한 것이나 마찬가지인 정보의 홍수에 나는 비명을 지를 수밖에 없었다.

쨍그랑!

머릿속에서 뭔가가 부서져 버렸다. 정보를 흡수하는 양이 더욱 많아졌다. 아카식 레코드의 정보가 아니다.

'내가 스스로에게 걸었던 봉인이라니……'

의식 속에 새롭게 떠오른 정보는 스승님께서 거신 봉인이 아니다. 다른 봉인이 깨어진 것이다.

바로 내가 나 자신에게 걸었던 봉인이다.

'으음, 너무 어지럽다.'

봉인이 깨어진 후로 쏟아지는 정보들이 뒤죽박죽이다.

'그, 그런 건가?'

정보가 차례로 이어지기 시작한다. 의미를 가지기 시작한 정보로 인해 한 가지 사실을 확인할 수 있었다. 내가 이 세계에 처음 온 것이 아니라는 것이다.

'크흑, 엉키기 시작한다.'

밀려들어 오는 정보들이 서로 얽히고 있다. 머리가 너무 아프다. 이대로 가다가는 완전히 백치가 될지도 모른다.

'너, 너무 늦게 봉인이 깨졌다.'

스승님께서 내게 거신 또 다른 봉인으로 인해 원래 예정했던 시간을 지나 버렸다. 그것으로 인해 이런 일이 발생한 것이다.

'아쉽지만 스위치를 꺼야 한다. 이대로 가다가는 죽도 밥도 안 된다.'

아카식 레코드의 정보를 차단해야 한다. 아카식 레코드의 정보는 나중에라도 얻을 수 있다. 지금으로서는 내가 남겨놓은 정보를 얻는 것이 우선이었다.

어떻게 진행될지는 모르지만, 내가 세운 계획에서 그리 크게 벗어나지 않은 상황이다. 나름 잘 진행이 되고 있으니 스위치를 끄는 것도 나쁘지 않을 것이다.

'어떤 여파가 생길지 답답한 상황이지만, 내 의식 중 일부가 깨어난 이상 잘 헤쳐 나갈 수 있을 것이다.'

아카식 레코드에서 쏟아지는 정보를 차단하기 위해 스위치를 껐다. 강제로 흡수를 정지시키기 위한 노력이 성공했는지 곧바로 정보가 차단됐다.

'한동안 정신을 잃겠군.'

강제로 중단을 시켰기에 그 여파가 만만치 않다. 정신적으로 타격을 입은 것이나 마찬가지이기에 한동안 가의식 상태로 있어야 할 것 같다.

우르르르르!

침투로를 통해 빠르게 쏟아져 들어온 호위 병력들이 사방을 메웠다.

"사방을 봉쇄하고 샅샅이 수색하도록!"

흑의 무복을 입은 장년인의 지시에 매영의 특급 능력자를 포함한 호위 병력은 거점을 점거한 후 정밀 수색에 들어갔다.

검게 그을린 외벽과 불타 쓰러진 동료들이 가득했지만, 매영의 능력자들은 냉정하게 사방을 살폈다.

"이상 없습니다."

"완벽하게 점검했습니다."

들려오는 수하들의 대답 소리에 유언상이 고개를 끄덕였다.

"지금부터 최고 지도자 동지를 모시도록 한다. 경계에 최선을 다하도록!"

"예!!"

특급 능력자들의 기합 섞인 대답을 들으며 유언상은 최고 지도자가 치료를 받고 있는 회복실 앞에 섰다.

'최고 지도자 동지가 있는 곳까지 적이 침투하다니, 수치스러운 일이다.'

매영이 존재하는 아주 오랜 세월 동안 몇 번의 호위 실패가 있었다.

늘 성공한다는 것이 지극히 어려운 일이기는 하지만, 이번 상황은 달랐다. 다른 실패와 달리 이번이 뼈아픈 이유는 방심에서 비롯되었기 때문이다.

지하에 마련된 특별한 공간이고, 몇 번의 보안 절차를 거치는 곳이다. 더군다나 3개 조나 되는 매영을 투입했기에 안심

했다.

방심의 결과는 무척이나 참혹했다.

근접 호위를 맡은 매영들은 모두 죽어버렸고, 밀실 앞에는 터지면 모든 것이 날아가 버리는 폭탄까지 있는 상황이다.

'저것이 터졌다면 여기에 있는 모든 것이 날아갔을 것이다. 어떻게 이곳까지 왔는지는 모르지만, 처음부터 하나하나 다시 살펴봐야 한다.'

보안에 구멍이 뚫린 상황이다.

틈이 어디서부터 생겼는지 하나하나 살펴 메워야 했다.

'이번 일에 조금이라도 관련이 있는 놈들은 절대 가만두지 않을 것이다. 으드득! 일단 최고 지도자 동지의 안위부터 살펴보자.'

유언상은 끓어오르는 마음을 애써 다스렸다. 매영의 일보다 최고 지도자가 우선이었기 때문이다.

유언상은 자신에게 부여된 암호 키를 이용해 회복실의 문을 열었다.

삐리리리리!

패드에 암호 키를 넣자 요란한 전자음과 함께 회복실의 보안 장치들이 풀려 나갔다.

거대한 문이 옆으로 열리며 회복실 전경이 드러났다.

착!!

유언상은 침대에 누워 문을 바라보고 있는 최고 지도자를 향해 경례를 했다.

"죄, 죄송합니다. 최고 지도자 동지!!"

"괜찮네."

최고 지도자는 별로 놀라지 않은 듯 침착하게 말했다.

"면목이 없습니다."

"자네들로서도 불가항력이었을 테니 너무 자책하지 말게. 그나저나 희생이 많은 모양이던데?"

"희생이라고 할 것도 없습니다. 모두가 최고 지도자 동지를 위해 존재하는 이들입니다."

"아니야. 자네들 덕분에 내가 살지 않았나. 죽은 매영들은 최대한 예우를 갖추어 장례를 치르도록 조치하게. 그리고 남겨진 가족들도 불편함이 없도록 하고."

"수하들을 대신해 감사드립니다, 최고 지도자 동지."

"당연한 일이네. 그리고 일단 옆방에 가보도록 하게."

"옆방에 말입니까?"

"흑운이 들어왔었나 보네."

"흐, 흑운이 말입니까?"

최고 지도자의 말에 유언상은 대경했다. 매영이 전부 나선다 하더라도 승패를 장담할 수 없을 정도로 특별한 능력을 지닌 존재가 바로 흑운이었다.

'하지만 어떻게?'

매영으로서도 상대하기 정말 곤란한 존재인 흑운이 안까지 잠입을 했다.

안까지 들어왔다면 자신의 임무를 실패할 리가 없었다. 최고 지도자와 이렇게 마주하고 이야기를 할 수 없었을 상황인 것이다.

유언상으로서는 최고 지도자의 말을 이해할 수가 없었다.

"너무 이상해할 것 없네. 흑운을 막아낸 것은 저쪽 회복실에 있는 아이 덕분이니 말이야."

회복실에 설치된 모니터로 모든 상황을 지켜본 최고 지도자였다. 당연히 차훈의 활약도 지켜보았다.

"흑운을 막아낸 아이가 있다는 말씀입니까?"

"그렇다네. 아주 특별한 아이네. 그 아이가 아니었으면 자네들이 호위에 실패했을 테니, 어떻게든지 살려 놓도록 하게. 깨어나면 잘 보살피도록 하고 말이야."

"알겠습니다."

특별하다는 이야기는 더 이상 캐묻지 말라는 뜻임을 알기에 유언상은 궁금증을 삼켜야 했다.

'일단 살펴보자.'

수하에게 시켜도 되지만 유언상은 자신의 손으로 직접 옆에 있는 회복실의 문을 열었다. 피투성이가 된 어린 소년이 회복실 바닥에 쓰러져 있었다.

"이런!!"

유언상이 빠르게 다가가 소년의 상세를 살폈다.

'다행히 목숨에는 지장이 없다.'

뼈가 부러지고 피부에는 열상과 자상이 즐비한데도 목숨에는 지장이 없는 것 같아 안심이 되었다.

'상처를 보니 흑운이 다녀간 것은 분명하군. 엄청난 공방이 벌어진 것 같은데 이 정도 상처로 막아내다니, 특별한 아이가 맞는 것 같구나.'

유언상은 차훈이 대단하게 여겨졌다. 보통 사람이 감당하기에는 매우 큰 상처들이지만, 흑운을 상대로 이 정도라면 꽤나 선전을 한 것이었다.

'후유증이 있으면 곤란하니 일단 안정부터 시키자. 최고 지도자께서도 허락을 하신 것 같으니……'

유언상은 품에서 천매환이 들어 있는 옥갑을 꺼내들었다. 최고 지도자의 전폭적인 지원이 있어도 1년에 단 두 개만 만들어 낼 수 있을 만큼 귀한 것이다.

'이렇게 사용하게 될 줄이야.'

회광반조가 일어나기 전에 먹일 수만 있다면 기사회생할 수 있는 영약 중에 영약이 천매환이다.

그래서 최고 지도자가 아주 급박한 상황에 놓이게 될 순간에만 사용되는 것이기도 했다.

어떻게든지 살려놓으라고 했으니 사용을 허락받은 것이라 생각한 유언상은 천매환을 꺼내 차훈의 입에 넣었다.

침이 닿은 순간 녹아버리기에 유언상은 차훈의 목울대를 살살 쓰다듬어 천매환이 잘 넘어가도록 했다.

잠시 기다리자 차훈의 얼굴이 붉게 달아오르기 시작했다.

'약효가 돌기 시작했다. 치료를 시작해야 한다.'

뼈가 전부 부러진 상황이다.

그냥 옮겼다가는 예기치 못한 불상사가 발생할 수도 있는 상황이라 조치를 취해야만 했다.

유언상은 자신의 오른손을 차훈의 가슴에 댄 후, 조심스럽게 내기를 흘려 넣기 시작했다.

사사사사삭!

어느새 나타난 것인지 매영들이 유언상의 주변에 늘어선 후 호위하기 시작했다. 내력으로 차훈을 치료하는 동안 만약의 사태를 대비하기 위한 것이었다.

최고 지도자 주변에도 매서운 눈초리의 매영들이 호위를 서고 있었다. 이런 호위라면 위험이 없을 것이기에 유언상은 차훈에게 집중하기 시작했다.

'지기를 가지고 있구나. 이것 덕분에 흑운을 상대할 수 있는 모양이로군.'

유언상은 차훈이 흑운을 상대할 수 있던 이유를 알 수 있었다.

자신의 내기에 저항하는 차훈의 기운을 살펴보니 자신의 나이 대에서는 쉽게 찾아볼 수 없을 정도로 상당히 높은 수준이었다.

'나이도 얼마 되지 않은 것 같은데 이 정도라니. 혹시 이곳에서 진행된 실험 때문인가?'

　의아한 일이기는 하지만 이해가 되지 않는 것도 아니었다. 수천 년을 내려온 매영의 의술과 현대 과학이 만나 만들어낸 성과는 가히 기적이라 불러도 손색이 없었다.

　사람의 수명을 늘리는 실험도 성공했는데 자연의 기운을 품게 하는 것쯤은 일도 아니었을 것이다.

　'이 정도 기운을 품고 있다니, 어쩌면 이 아이가 매영의 염원을 이룰 수 있을지도 모르겠구나.'

　실험의 결과물로 지기를 얻게 된 것이라고 생각한 유언상은 차훈에게 관심이 갔다.

　자신과 매영이 간절히 바라던 염원을 차훈이 이루어줄지도 모른다는 생각 때문이었다.

　더할 나위 없는 힘을 지니고 있기는 하지만, 그것은 바깥에서 바라본 매영의 겉모습일 뿐이다.

　실제로 매영이 가지고 있던 힘 중에 온전히 남아 있는 것은 아무것도 없었다.

　맥을 이어온 뿌리들은 아주 오래전에 잘게 쪼개져 이제는 남이나 다름없는 상황이다. 더군다나 어떤 뿌리들은 본맥을 침범하고 있기까지 하다.

　매영의 앞날을 위해서는 어떻게든지 대책을 세워야 하는데, 방법이 전혀 없었다. 공화국 최고 지도자와 손을 잡은 이유도 그 때문이었다.

그렇지만 그것도 다른 일맥에 병탄되지 않으려는 몸부림에 지나지 않았다. 숨어 있는 자들이 드러나는 순간, 알맹이가 빠진 매영은 사상누각처럼 무너질 것이 빤했다.

매영에게도 떨어져 나간 뿌리들의 반란을 제압할 만한 비상 수단이 있기는 했다. 뿌리가 갈라지기 전에 매영에 남겨진 비전들이 바로 그것이다.

그렇지만 그것은 그야말로 그림의 떡이나 마찬가지다.

'십오 세 이전에 내가 가진 것 이상의 내기를 갖는다는 것은 불가능한 일이라고 생각했는데……'

중국의 무인들이 갑자라 칭하는 정도의 내기를 가지고 있어야만 비전을 익힐 수가 있다.

그렇지 못하면 아예 익히는 것이 불가능하다. 더군다나 2차 성징이 나타나지 않은 동정의 소년이어야만 한다는 조건이 붙는다.

비전을 익히는 기본 전제가 그러니 그야말로 불가능한 일이라고 할 수 있었다.

하지만 포기하고 있던 그 일이 이제는 가능할 것 같았다. 정신을 잃은 소년이 대지의 기운을 자신 못지않게 가지고 있었기 때문이다.

드디어 그토록 염원하던 비전을 익힐 수 있는 조건의 아이가 나타난 것이다.

'이 아이라면 해낼 수 있을지도 모른다. 이 아이라면!'

비전이 아이의 손에서 꽃을 피운다면 매영이 꿈에도 바라는 통합의 꿈을 이룰 수 있을 것 같았다.

유언상은 정신을 집중하여 내기를 이용해 정성을 들여 약기가 돌고 있는 차훈의 혈도를 어루만졌다.

혼탁한 기운에 혈도가 가늘어졌거나 막혀 있었다면 불가능한 일이지만, 차훈은 그렇지 않았기에 충분히 가능했다.

'굉장하구나. 거의 구 할에 가깝게 약기를 흡수하다니……'

천매환의 약기가 빠르게 스며들고 있었다. 다른 때와는 달리 빨라도 아주 빨랐다.

유언상은 더욱 내기를 불어넣었다.

지금까지 보아왔던 누구보다 넓게 확장된 혈도를 따라 약기의 흡수를 도왔다.

'천매환이 대부분 흡수되었으니, 이 정도면 스스로 깨어날 수 있을 것이다.'

천매환의 약기로 내상을 치유하며 내기를 한 바퀴 돌린 유언상은 어느 정도 안정을 찾은 것 같아 보이자 차훈의 몸에서 손을 뗐다.

"최고 지도자 동지를 모실 준비를 해라. 또다시 암습이 있을지 모르니 경계 등급을 최상위로 하도록 하고."

"예, 수장!!"

몇몇 호위들이 빠르게 장내를 이탈했다.

유언상은 수하들이 자신의 명령을 이행하는 것을 본 후, 최고 지도자에게 갔다.

"그 아이는 괜찮은가?"

"염려하지 않으셔도 될 것 같습니다."

"다행이로군. 그런데 무슨 좋은 일이라도 있나? 기분이 좋은 것 같으니 말이야."

언제나 싸늘하기만 매영의 얼굴에 미소가 감돌고 있기에 최고 지도자가 물었다.

"그렇습니다, 최고 지도자 동지. 아무래도 다음 대 매영의 수장을 찾은 것 같습니다."

"호오, 저 아이의 재능이 그리 출중한 것인가?"

"지금까지 보아왔던 어떤 기재들보다 뛰어난 것 같습니다."

유언상은 솔직하게 대답했다.

"자네가 그리 말하는 것을 보니 저 아이가 탐이 나는 모양이군. 좋아, 그리하도록 하게. 저 아이에게도 기회가 될 수 있을 테니 말이야."

최고 지도자는 기꺼운 표정으로 유언상의 바람을 들어주었다.

제대로 무예를 배우지 않은 상태에서도 흑운을 상대로 잘 버텨낸 차훈에 대한 기대감이 작용을 한 것도 없지 않아 있었다.

"감사합니다, 최고 지도자 동지."

"그런 소리 말게. 저 아이가 아니었다면 나도 위험했을 것이네. 흑운이라는 존재는 그리 만만치 않으니 말이야. 나도 저 아이에게 무엇인가 보답을 해야 하는 상황이었는데, 어찌 보면 이게 최선의 방법일 수도 있겠군. 자네라면 충분히 저 아이를 성장시킬 수 있을 테지."

매영에 들어가 무예를 익히는 것이기는 하지만, 자신의 능력을 비약적으로 상승시키는 일이다.

물질적인 것보다 더 중요한 것이 많다는 것을 잘 아는 최고 지도자는 차훈에게 이보다 더 좋은 선물이 없을 것이라 생각했다.

"최선을 다해보겠습니다."

"좋아. 그리고 기회가 된다면 저 아이를 그곳으로 보낼 수 있을지 확인을 해보게."

"그, 그곳에 말입니까?"

침착했던 유언상이 놀라며 반문했다.

"이미 이 사람도 저 아이에 대해 확인을 해봤다고 하니 우리에게 보내진 초대장을 사용하는 것도 생각해 봐야 할 것일세."

최고 지도자는 박명호를 바라보았다.

"사실일세. 지금까지 확인된 바로는 그 어떤 이보다도 수치가 높게 나왔네."

"그곳에 보낼 정도로 높게 나왔다는 말입니까?"

유언상은 곧바로 질문을 했고, 박명호는 미소를 지으며 고개를 끄덕여 주었다.

"알겠습니다. 그곳에 가서도 뒤처지지 않도록 만반의 준비를 하도록 하겠습니다."

"좋아. 그렇다면 저 아이에 대한 처우는 이 정도로 정리하면 된 것 같고. 이제는 이번 일을 계획한 놈들을 잡아야 할 텐데, 어떻게 할 생각인가?"

차훈의 신변 문제를 정리한 최고 지도자는 자신의 암살 음모에 대한 처리 방안을 물었다.

"이미 암영들이 움직였습니다. 머지않아 이번 일을 사주한 자들에 대한 것이 모두 드러날 것입니다."

"암영들이 동원되었다니, 걱정은 덜겠군. 이번 일에 대해서는 예외가 없어야 하네. 그러니 호위총국도 빼놓지 말고 조사를 하도록 하게."

"호위총국까지 말입니까?"

호위총국은 후계자인 김윤일의 관할이다. 그곳까지 조사를 하겠다는 뜻은 이미 후계자의 쿠데타 가능성을 최고 지도자가 염두에 두었다는 뜻이기도 했다.

"성역은 없네. 철두철미하게 조사를 진행하게. 설사 그것이 내 아들이라고 해도 말이야."

"으음."

최고 지도자가 모진 결심을 했다는 것을 느낀 유언상이 신음을 흘렸다. 앞으로 불어닥칠 피바람이 눈에 선하게 보이는 탓이었다.

"그나저나 흑운이 직접 개입했다면 그들도 움직이기 시작했을 텐데, 이에 대한 정보가 있나?"

"조사를 해봐야 하겠지만, 지금까지 그들의 흔적은 발견할 수 없었습니다."

"최대한 은밀히 조사를 해보게. 흑운이 움직였다면 그들도 냄새를 맡은 것이 분명하니까 말이야. 무엇보다 그 아이의 주변을 중심으로 탐색해 보게."

"후계자께서 그들과 손을 잡았다고 보시는 겁니까?"

"마음속에 광기를 품고 있지만 한 번도 드러내지 않던 아이네. 나를 두려워하는 마음 때문에 숨기고 있기는 하지만, 가만히 있을 아이가 아니지. 그렇다고 쉽게 움직일 아이도 아니고 말이야. 그 아이가 작정하고 움직였다면 그들과 함께하지 않고서는 불가능한 일이라고 할 수 있으니, 한 번 알아보도록 하게."

말을 끝낸 최고 지도자는 품에서 권총 하나를 꺼내 유언상에게 건넸다. 특이하게도 총열 끝에 황금으로 된 테두리가 사선으로 상감된 권총이었다.

'저것은…….'

러시아의 도움을 받아 나라를 건설하면서 최고 지도자가 정적들을 친히 숙청할 때 쓰던 권총이다.

최고 지도자의 상징이라고 할 수 있는 권총을 준다는 것은 반항할 경우, 누구라도 그 자리에서 즉결심판을 할 수 있는 자격을 준다는 뜻이었다.

설령 그것이 자신의 아들이라 할지라도 변함이 없는 것이었다.

"알겠습니다, 최고 지도자 동지. 최선을 다해 명령을 받들겠습니다."

최고 지도자를 제외한 그 누구라도 총살시킬 수 있는 권한을 부여 받은 유언상은 무척이나 조심스럽게 권총을 건네받았다.

"그곳에는 언제 이동하게 되나?"

"통로를 마련하는 중이라 하루 정도는 더 기다리셔야 할 것 같습니다."

"시간이 꽤 걸리겠군."

"죄송합니다."

"아니야. 작정하고 폭파시킬 생각까지 한 놈들이니까."

이곳을 완전히 파괴시킬 목적으로 들어온 것이라는 걸 아는지 최고 지도자가 고개를 저었다.

"앞으로는 경계 태세를 1급으로 유지하도록 하겠습니다."

"흑운이 직접 개입한 이상 경계 등급을 올려도 소용이 없을 것 같네. 오히려 자네들의 희생만 커질 것이니 그냥 평소대로 하게."

흑운이 나타나는 모습부터 차훈과의 싸움까지 모니터로 모두 지켜본 최고 지도자다.

특별한 술법을 사용하는 흑운이라 경계 등급을 올린다고 해도 소용이 없다는 것을 알기에 평소대로 할 것을 지시했다.

"하지만……."

"내 말대로 하게."

"예, 최고 지도자 동지."

유언상은 무거운 마음으로 대답했다. 앞으로 어떻게 상황이 전개될지는 모르지만, 좋게 끝나지 않을 것이 분명했기 때문이다.

"자네는 이만 가보도록 하게. 바깥의 일도 정리를 해야 할 테니 말이야."

"그렇게 하겠습니다."

유언상은 곧바로 회복실을 나섰다.

"자네는 어떻게 생각하나?"

"뭘 말입니까?"

"알지 않나?"

"아마도 깊숙하게 개입이 되어 있을 것입니다. 하지만 전과 마찬가지로 증거를 찾아내기는 쉽지 않을 겁니다."

"그렇겠지. 흑운이 개입되어 있으니 매영으로서는 아직 역부족일 테니까."

"그런데도 조사하시려는 것을 보니 후계자께 자극을 주시려는 것입니까?"

"아직은 그 아이를 눌러야 할 때라서 그렇다네. 그 아이를 누르지 못하면 모든 것이 틀어지니 말이야."

"그런다고 후계자께서 가만히 있을까요?"

"나나 자네가 가지고 있는 패를 모르는 이상 전과 마찬가지로 그 아이는 가만히 있을 걸세."

"옆에 흑운이 있습니다."

"흑운은 그 아이에게 완전히 종속되어 있는 것으로 보이네. 그 아이가 마음을 먹지 않는 이상, 흑운도 섣불리 움직이지는 못할 걸세."

"최고 지도자 동지의 판단이 맞기를 바라는 수밖에 없을 것 같군요. 그렇지 않다면 문제가 커지니 말입니다."

"걱정하지 말게. 그 아이에 대해서는 내가 누구보다 잘 아니 말이야."

"알겠습니다."

"이제 그만 쉬고 싶군. 자네도 준비를 해야 할 테니 이만 나가보게."

"괜찮으시겠습니까?"

"후후후, 자네도 잘 알지 않는가. 당분간 아무도 이곳에 들이지 말도록 해주게."

"그렇게 하겠습니다."

박명호는 인사를 하고 회복실을 나섰다.

"최고 지도자 동지께서 쉬고 싶다고 하시니 아무도 들여보내지 말도록 하시오."

최고 지도자가 뭔가 생각할 것이 있으면 혼자 있어야 한다는 것을 알기에 박명호는 회복실 안으로 아무도 들이지 않도록 매영들에게 말했다.

"알겠습니다, 박사님."

"염려하지 마십시오."

"수고하게."

회복실을 벗어난 박명호는 바쁘게 움직였다. 처리해야 할 일이 너무 많기 때문이었다. 그가 제일 먼저 한 일은 죽은 실험체에 대한 처리였다. 지금 상황에서 가장 중요한 일이었다.

죽은 자는 최고 지도자와 유전 형질까지 일치시킨 실험체다. 다시는 구하지 못하는 상황이라 부패가 진행되기 전에 빠르게 처리를 해야 했다.

실험실로 간 박명호는 간호사들과 함께 분주히 움직였다. 가슴을 열고 심장에 관들을 연결한 후 약품을 주입했다.

뒤이어 전선 같은 것을 연결하자 이미 죽었음에도 심장이 다시 뛰었다. 굳기 시작한 혈액들이 녹으며 혈관을 따라 돌기 시작했다.

어느 정도 기다리자 부자연스러웠던 심장의 박동이 정상으로 돌아왔다.

"시작하시오."

박병호의 지시에 간호사가 혈관에 주삿바늘을 찔러 넣었다. 관을 타고 피가 빨려 나왔다.

실험체의 몸에 남아 있는 혈액들을 남김없이 빼내는 잔인한 일이지만, 혈액이 굳기 전에 마쳐야 할 일이었다.

그렇게 혈액을 전부 수거한 후, 다음 작업이 시작되었다. 장기들을 전부 해체하여 액체질소로 급속 동결시켰다.

남아 있는 신체도 마찬가지였다. 액체질소를 이용해 동결시킨 후, 특수하게 만들어진 금속체 용기에 담았다.

'미안하오. 날 용서하지 마시오. 그렇지만 당신의 희생이 한 반도를 구할 것이오.'

작업을 마친 박명호는 용기 속으로 모습을 감추는 실험체를 향해 마음속으로 사과의 말을 건넸다.

"나머지는 지침대로 처리를 해주세요. 특히나 용기가 열리지 않도록 꼼꼼하게 마무리를 해야 합니다."

"염려 마세요, 박사님."

작업을 마친 박명호는 나머지는 간호사들에게 맡겨놓고 차훈이 누워 있는 곳으로 갔다.

박명호는 가라앉은 눈빛으로 천천히 몸 상태를 살피기 시작했다. 천매환을 복용하고 유언상의 치료를 받았기 때문인지 바이탈은 이상이 없었다.

'모든 것이 정상이구나.'

자신 때문에 혹독한 시련을 겪은 터라 차훈에게 미안했던 박명호는 안도할 수 있었다.

'매영의 수장이 치료하지 않았다면 어찌 되었을지… 정말 미안하구나. 그리고 고맙다.'

최고 지도자를 암살하러 온 흑운이 자신을 가만히 둘 리 없다는 것을 박명호는 누구보다 잘 알고 있었다.

자신이 살려낸 생명으로 인해 목숨을 건진 것이기에 박명호는 감회가 새로웠다.

'그래, 최고 지도자가 너에게 관심을 가진 것 같으니, 내 모든 것을 전해 주마. 어차피 죽으면 가지고 갈 수도 없는 것들이니 말이다. 너에게는 숙명의 고리를 끼우는 일이 되겠지만, 그것도 너의 운명일 것 같구나.'

박명호는 자신이 가진 바를 모두 차훈에게 주기로 했다.

차훈의 머리가 나쁘다고 해도 상관이 없었다. 최고 지도자가 관심을 가진 상태이니, 어떻게든 자신이 가진 지식을 전수해 줄 수 있을 것이기 때문이다.

자신의 결정으로 인해 차훈을 또 다른 운명으로 이끌게 되겠지만, 이것도 인연이었다.

'일단 준비를 해놓자.'

박명호는 매영의 본거지로 가기 전에 필요한 조치를 취하기로 했다. 그동안 준비해 놓은 것이 있던 터라 문제는 없었다.

간호사들이 실험체의 신체가 들어 있는 용기를 옮기느라 바깥으로 나간 상황이기에 실험실 문을 닫은 후 차훈에게 그동안 준비한 것들을 주입하기 시작했다.

수많은 인체 실험의 결과물들이 하나둘 차훈의 몸속에 주입되었다. 그중에는 최고 지도자도 아직까지 시술 받지 못한 것들도 있었다. 그저 주사를 놓는 것뿐이니 시술에 필요한 시간은 그다지 많이 걸리지도 않았다.

시술을 마치고 난 뒤, 박명호는 차훈을 특수한 장치가 된 관 같은 용기에 넣었다. 차훈이 들어간 용기는 회복 장치로, 이동하는 동안 박명호가 주입한 것들이 잘 정착하도록 도와주는 것이었다.

"시간이 지나면 너에게 도움이 될 것이다."

박명호는 바이탈 유지 장치를 작동하고는 뚜껑을 닫아 폐쇄시킨 후, 잠금장치를 작동시켰다. 자신이 아닌 한 누구도 열 수 없게 밀폐가 되었다.

작업이 끝나자 박명호는 실험실의 문을 열었다. 쓸데없는 의심을 피하기 위해서다.

바깥의 일을 마친 듯 때마침 유언상이 들어오고 있었다.

"박사님."

"이송 준비는 끝난 겁니까?"

"그렇습니다."

"다행이군요."

우우우웅!

유언상의 말이 끝나기 무섭게 공기를 공급하는 환기 시스템이 가동되기 시작한 것인지 지하가 울렸다.

"복구가 거의 끝난 것 같습니다."

"그런 것 같군요."

유언상의 말에 박명호가 고개를 끄덕였다.

"박사님께서는 곧바로 이동할 준비를 해주십시오."

"알겠습니다."

유언상이 무슨 뜻으로 한 말인지 알기에 박명호는 바쁘게 움직였다. 최고 지도자를 암살하기 위해 침투한 자들이 있으니 시설을 폐쇄할 것이 분명했다.

박명호는 실험실에 있는 중요한 것들을 폐기하기 시작했다.

실험실 끝에 있는 문을 열고 자료들이 담겨 있는 컴퓨터를 쏟아 넣기만 하면 되는 일이었다.

지하에 있는 소각 시설이 모든 것을 태워 버릴 것이고, 기본적인 자료들은 이미 비밀 시설에 보관 중이니 이곳에서 쓰였던 것들은 폐기하면 그만이었다.

전기가 다시 들어와 유지 시스템이 다시 가동하기 시작했다는 것을 알아차린 매영들도 바빠졌다. 특히나 실험실 바깥에 있던 매영들은 긴장을 한 채 사방을 경계했다.

띵!

엘리베이터 열리는 소리가 선명하게 들려왔다. 매영들은 긴장된 눈으로 엘리베이터를 바라보았다.

또 다른 암살자가 올 것을 대비해 바로 출수할 수 있도록 준비를 했다.

사사삿!

엘리베이터 문이 열리고 일단의 무리들이 빠르게 빠져나왔다. 유언상이 지상에 남겨두었던 나머지 매영들이었다.

매영 중 하나가 인터폰을 들었다.

"후속대가 도착했습니다."

— 알았다.

인터폰을 통해 사람들이 온 것을 전해 들은 유언상은 최고 지도자에게로 갔다.

"준비가 끝난 모양이군."

"그렇습니다, 최고 지도자 동지. 이제 이동하겠습니다."

"그렇게 하게."

"박사님도 준비하십시오."

"알았소."

이미 폐기 절차를 마친 터라 박명호는 작은 가방 하나만 손에 들고 있었다.

"난 최고 지도자를 모실 테니, 너는 저 아이를 옮겨라."

유언상의 지시에 매영 중 하나가 차훈이 누워 있는 침대로 갔다.

"문을 열어라."

유언상의 지시에 매영 중 하나가 실험실의 문을 열었다.

제일 먼저 최고 지도자가 누워 있는 침대가 밖으로 빠져나갔다. 박명호도 유언상이 미는 침대 곁에서 최고 지도자를 살피며 실험실을 빠져나갔다.

뒤이어 차훈이 누워 있는 침대도 매영들에 의해 실험실을 나섰다.

이동은 순조롭게 진행되었다.

최고 지도자가 먼저 엘리베이터를 타고 빠져나갔고, 잠시 뒤에 차훈도 지하를 떠나 지상으로 올라갈 수 있었다.

최고 지도자가 이동하는 수단은 놀랍게도 일반적인 차가 아니라 장갑차였다. 그것도 방탄 처리가 된 장갑을 새로 덧댄 것이었다.

장갑차에 침대가 접혀져 실렸다. 문이 닫힌 후, 장갑차는 곧바로 떠났다. 최고 지도자와는 달리 차훈은 일반적인 응급 차량에 실려 옮겨졌다.

부우우웅!

차량들은 지하 주차장을 빠져나와 달리기 시작했다.

차량들이 움직인 방향은 들어올 때와는 전혀 달랐다.

지금까지 한 번도 열리지 않은 커다란 강철 문이 열린 후, 안쪽으로 난 길을 따라 대동강이 있는 방향으로 움직였다.

"자네들의 희생이 너무 많았군."

장갑차가 움직이기 시작한 후, 최고 지도자는 자신을 호위하는 매영들에게 미안함을 표시했다.

"저희들의 숙명이니 미안해하실 필요 없습니다, 최고 지도자 동지."

"아니야. 이번에 느낀 것이 많네. 자네들이 나에게 얽매이게 된 것이 벌써 오십 년이네. 짧지 않은 시간동안 나로 인해 많은 희생을 했으니, 보답을 할 생각이네."

"무, 무슨 말씀을……."

뜻밖의 말에 유언상이 눈을 크게 떴다.

"이번 일이 끝나면 매영에게 자유를 줄 생각이네."

유언상은 지하 실험실에서 최고 지도자가 차훈에게 했던 조치들이 생각났다.

"그럼 그 아이를 저에게 맡기신 것도……."

"하하하! 자네들도 염원을 이루어야 하지 않겠나?"

"가, 감사합니다, 최고 지도자 동지."

"그러니 이번 일만 잘 끝내게. 내가 새로이 태어나게 되면 모든 것이 자네들 원하는 대로 될 터이니."

"염려하지 마십시오."

꿈에도 생각하지 못한 일이지만, 기회가 생긴 이상 유언상은
놓치고 싶지 않았다.

그러나 최고 지도자가 제시한 일이 쉽게 마무리 될지는 두고
볼 일이었다.

<『그린 하트』 제3권에서 계속>

GREEN HEART

1판 1쇄 찍음 2016년 8월 25일
1판 1쇄 펴냄 2016년 8월 31일

지은이 | 미르영
펴낸이 | 정 필
펴낸곳 | 도서출판 **뿔미디어**

기획 · 편집 | 문정흠 · 한관희

출판등록 | 2002년 9월 11일 (제1081-1-132호)
주소 | 경기도 부천시 원미구 소향로 17번길(두성프라자) 303호 (우) 14544
전화 | (032)651-6513 / 팩스 032)651-6094
E-mail | bbulmedia@hanmail.net
홈페이지 | http://bbulmedia.com

값 8,000원

ISBN 979-11-315-7394-5 04810
ISBN 979-11-315-7392-1 04810 (세트)

www.bbulmedia.com